瑞蘭國際

瑞蘭國際

第一本針對國人，上課或自學均適用的助詞教材

活用韓語關鍵助詞

羅際任 著

一本真正符合需要的韓語助詞專書

　　韓語學習的趨勢，從原本僅為伴隨韓流發生之被動式現象，逐漸轉變成主動式風潮；韓語學習的方向，亦從先前旅遊韓語、追星韓語等基礎需要，漸漸地發展到現今商務韓語、新聞韓語等進階需求。種種跡象顯示，韓語學習在第二外語習得上，正邁向穩定、深化，說學習韓語已逐漸成為韓流的一種，絲毫不為過。

　　然而，目前許多的韓語學習相關書籍內容之深度、廣度，似乎並未跟上日漸成熟的韓語需求。在這個資訊爆炸、書籍氾濫的時代，大部分的韓語教材仍以「簡單、輕鬆、速成」為主要賣點，內容亦常僅止於較為大略式之講述。就此，筆者認為過度迎合讀者的內容不會帶來進步，應該要配合時代的腳步，適時更新思維，臺灣的韓語教育才可以更上一層樓，學習者亦才有機會獲得更完善、優質的教育大環境。有鑑於此，繼完成《活用韓語關鍵句型〈基礎〉》一書後，除了不忘初心，加上對韓語教育有更多的期待，一本既符合實用性、內容深入淺出、又合乎現行文法理論的助詞專書《活用韓語關鍵助詞》就此誕生。

　　本書精選在所有場合中常使用到的關鍵韓語助詞，且針對助詞的講解鉅細靡遺，學習者僅需透過這一本書，就可完全掌握韓語助詞，不再一知半解。筆者亦運用中文母語優勢，精確分析韓語助詞於語句中之功能、含義，詳細講述各助詞之使用方法、訣竅，加上六年餘來不斷修正、精進的文法講述經驗，完成了這本臺灣第一本為中文母語者所撰寫之韓語助詞專門書籍。

　　緣此出版之際，要特別感謝父母的栽培、師長的教導與提攜，以及瑞蘭國際出版的信任，筆者未來必不辜負期望，不以此為傲，持續為韓語教育貢獻一己之力。同時，由於在撰寫本書時恰逢新冠疫情猖獗，因此也想為在疫情時期仍懂得掌握時間的自己給予一個小小的肯定，並期許自己可以永遠像學生時期

一樣，擁有在政大河堤旁躺著看星空時的自信，看著茫茫星海卻不畏懼，相信每一個挑戰都具有意義，在韓語教學的道路上持續精進、充實自己。

　　最後，期盼讀者能夠善用本書，提升自身的韓語能力。助詞、句型為在使用韓語時的核心文法，助詞尤其可作為判斷韓語程度之重要依據；且透過助詞的正確使用，可讓意思表達更為豐富，並具備深入交流、理解之能力。本書所涵蓋之助詞，網羅初、中、高級學習者之必備助詞，是一本適合所有韓語學習者使用的韓語學習工具書，值得深讀活用。期待本書的用心細節能對讀者有實際幫助，並能輕鬆解決在學習韓語時所遇到的問題，若能讓讀者能夠更正確、流暢地使用韓語，實是筆者最大的榮幸。

羅際任

2023年03月10日於指南山麓

本書內容

　　《活用韓語關鍵助詞》全書共有二章,分別為:「A格助詞、接續助詞」,以及「B補助詞」,此為依照助詞的文法屬性而做出之分類。而每章依照更為細部之使用功能、時機,分別再劃分為四、三小節。讀者可在學習特定助詞時,一併瀏覽同一章節之相關助詞,進而更正確地使用符合每一狀況之韓語助詞。另外,在全書最前方放置「基本概念」,針對韓語助詞之概念、種類、位置、結合與省略等進行概略性的解說,提供讀者在學習助詞時所必備之背景知識,以便對助詞之體系、架構更為了解,並有助於更進一步地活用韓語關鍵助詞。

使用時機

　　本書作為工具書,讀者可搭配原先使用之韓語教科書使用,藉以補足教科書中不足之助詞相關文法解說;考量到學習者對助詞之查找可能產生困難,書中最後亦提供兩種「助詞索引」,分別依照「韓文字母之排列順序」,以及「助詞之文法屬性」加以排序列出,提供讀者多樣的助詞搜尋方式。

適用對象

　　本書所包含之助詞十分豐富、關鍵,網羅初、中、高級學習者會遇到的所有使用頻率極高之助詞,且書中對句型解釋、用法之講述甚為詳細、紮實,因此適合初、中、高級學習者使用。無論是剛開始接觸韓語之學習者、欲對韓語助詞有更深一步了解之學習者,或是想更自然、流暢地表達韓語的學習者,相信只要善用本書,活用本書,必定可在學習韓語的道路上能更有所進步。

　　本書各助詞皆以下列步驟詳細說明:

A1 | 文法意義

A1-1 이/가

功　　能：表示位於前方的名詞為該句中之主格或補格。

中文翻譯：✕

文法屬性：主格助詞、補格助詞。

結合用例：

最後一字「有」收尾音	학생	학생이
最後一字「無」收尾音	학교	학교가

▶ 用　　法：

1. 作為主格助詞使用時，表示前文屬該句之主語。若「이/가」後方接續動詞時，位於前方之名詞為實行該動作之主體；而當後方接續形容詞、名詞이다時，位於前方之名詞則為該狀態、屬性修飾與陳述之對象。

- 어제 바람이 많이 불었어요.
  昨天颱風很大。
  （表示「바람」（風）為進行「불다」（颳）一動作之主體。）

- 기분이 좋을 때 보통 무엇을 하나요?
  心情好的時候通常會做什麼呢？
  （表示「기분」（心情）為「좋다」（好）一狀態修飾之對象。）

020

功能

對助詞進行功能上之說明，讓讀者清楚了解助詞之作用，以便日後與其他相似助詞進行比較。同時，藉由功能上之精確定義，可對助詞進行更嚴謹之意義確定。

中文翻譯

將對應於該助詞的中文意思列出，讓讀者可透過更直接性之說明，理解助詞最準確之意義。同時立即應用於文句翻譯，藉以提升翻譯實力。

文法屬性

在韓語助詞中，各助詞可依照實際使用之需要，進一步相互結合。透過文法屬性之提示，讀者可清楚助詞之文法分類，同時搭配章節「X基本概念」中助詞之結合要領，減少「硬背」之必要，可以更輕鬆、更為效率之方式時達成助詞間之相互結合。

結合用例

實際將助詞與單字的結合列出，並依照名詞最後一字收尾音之有無區分，能讓讀者親自確認該助詞之正確使用方式。

用法

以條列式明示該助詞之實際用法，極為詳盡之用法解說，讓讀者能更準確地使用助詞，且一次到位；既彌補在自學韓語時助詞文法講解之缺乏，亦補強坊間書中模糊且籠統式之說明。

例句

利用大量的例句真實地呈現助詞，且避開過度艱深之例句，導入符合日常生活場景之內容，不加重讀者在學習韓語助詞時之負擔。同時，每一例句中助詞之用法皆已分門別類，讓讀者不再困惑，不再模稜兩可。

例句解說

針對例句內容中需加以解釋之部分單獨說明，預先解說讀者可能提出之問題。詳盡且獨一無二之附加說明，協助讀者更能理解助詞之實際操作，就像有專屬個人老師在旁細心講述、提點。

延伸補充

助詞雖在使用規則上可列出大方向之脈絡，卻仍可能含有屬於特例之非廣泛用法。此部分專為「深度學習者」設計，供學習有餘力之高級學習者使用；透過複雜度、深度提高之延伸用法，讓讀者能更為自然、流暢地使用韓語。

標色反黑

與一般內容有所區別之清楚標示，能讓讀者第一眼就辨識出例句中之重點部分，同時可再次確認助詞之實際使用情形。讀者可將其與「結合用例」相互對照，藉此更清楚助詞與單字間之結合方式。

助詞結合實例

在韓語學習中除助詞之單獨演練，助詞間之相互結合亦為不容忽視之處，也是在以韓語談話時不可或缺之重點。讀者可視情況對書中其他助詞進行預先理解，藉以豐富韓語助詞之使用。

用　法：

1. 表示受到行為之作用、影響，或是接收話語、資訊、事物之對象；在任何時候，位於「에」前方之名詞須為無情名詞，即排除包含人在內之動物。

* 확인하고 싶으면 직접 학교에 전화하는 게 어때요?
  想確認的話，不如直接打電話給學校如何？
  （「학교」（學校）為受「전화하다」（打電話）一行為作用之對象。）

* 이제 와서 시든 꽃에 물을 주면 무슨 소용이 있겠어요?
  現在才給枯萎的花澆水有什麼用？
  （「꽃」（花）為接收「물」（水）一事物之對象。）

> 搭配使用於此用法之詞彙，常見的有：「주다」（給）、「전달하다」（傳達）、「전하다」（轉交）、「전화하다」（打電話）、「보이다」（呈現）、「알리다」（告知）、「말하다」（說）、「묻다」（問）、「빌려주다」（借出）、「끼치다」（造成）、「공개하다」（公開）。

延伸補充：

1. 由於是以排除前方名詞之方式進行限定、指定，同時搭配否定相關用法，因此「밖에」在語感上較為強烈，強調前文之「少量、不足」。

* 이 책에서 제일 어려운 문제인데 넌 10분밖에 안 걸렸다고?
  這本書裡最難的題目，你說你僅僅花了 10 分鐘而已（就解題成功）？

* 자, 기회는 한 번밖에 없습니다.
  來，機會僅只一次喔。

2. 「밖에」另常出現於與「-(으)ㄹ 수 없다」結合之「-(으)ㄹ 수밖에 없다」中，此句型為「只能……」、「只會……」之意，強調敘述結果出現之必然，或其結果之無奈心理；前方可與動詞、形容詞、名詞이다結合。。

* 막차 시간이 지나서 걸어갈 수밖에 없어요.
  因為末班車時間過了，只能走的過去了。

* 그렇게 많이 먹으니 뚱뚱해질 수밖에 없잖아요.
  吃那麼多，只能變胖了吧。

助詞結合實例：

1 밖에 + 은/는

* 그 사람은 자기밖에는 모르는 사람이야.
  那個人是個只顧自己的人。

目次

目次

基本概念

在實際使用韓語時，常會因基本概念之不足而影響助詞的正確使用，讓助詞無法發揮其本身之重要性，這直接影響了溝通之順暢性，不免有些可惜。

本單元中所包含之內容，可協助釐清助詞當中較為複雜之文法概念。學習者若能反覆翻閱、參考，必能對助詞之掌握更為上手，在學習韓語的基礎上較他人更勝一籌。

X1 | 句子之成分

在韓語文法中，將構成句子時所具備之成分稱作句子成分（문장 성분），而根據成分的特性又可將其分為主成分、附屬成分、獨立成分。其中，主成分（주성분）為構成句子時之必需成分，包含「主語、受語、敘述語、補語」。主語（주어）是動詞動作、形容詞狀態之主體，即動作之行為者或被形容之對象；受語（목적어）是接受動作動作，即受動作影響之對象；敘述語（서술어）是敘述主語動作、狀態、性質等之內容；補語（보어）則是在僅憑主語、敘述語仍無法完成具備完整意思之句子時，為補充意思而添加之內容。

另一方面，附屬成分（부속 성분）為用來修飾主成分之成分，包含「冠形語、副詞語」。冠形語（관형어）是位於體言（名詞、代名詞、數詞）前修飾體言之內容；副詞語（부사어）是用來限制動詞動作、形容詞狀態含義之內容。此外，獨立成分（독립 성분）則有「獨立語」（독립어），是與句子其他成分無直接關係而獨立存在之內容。

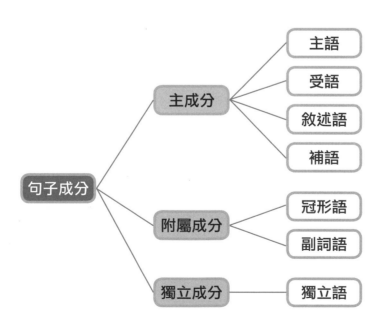

X2 ｜ 助詞之概念

　　句子成分由單詞所組成，而單詞（단어）可再依功能被分類為：體言、用言、修飾言、關係言、獨立言。其中體言（체언）在句子中可扮演主語、受語等功能，含括「名詞、代名詞、數詞」；用言（용언）在句子中扮演敘述語之功能，含括「形容詞、動詞」；修飾言（수식언）用以修飾、限制位於後方之內容，含括「冠形詞、副詞」；關係言（관계언）具備用以標示句子中單字之間關係的功能，含括「助詞」；獨立言（독립언）則可單獨存在，含括「感嘆詞」。

　　而本書所要闡述的「助詞」（조사）隸屬於關係言，用以標示句中單詞間之文法關係，同時亦可賦予句子特別之含義；雖名為助詞，顧名思義為「輔助」之意，但卻為韓語中最顯著之特色，亦是欲達成流暢溝通時不可或缺之重要成分。

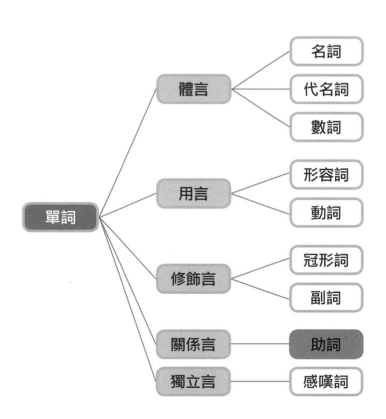

X 基本概念

013

X3 | 助詞之種類

　　助詞依功能亦可再進一步區分為：格助詞、補助詞、接續助詞。格助詞（격조사）在目的上較為單純，用以標示前方內容在相對於其他內容時所具備之資格，還可再細分為「主格助詞、補格助詞、受格助詞、冠形格助詞、副詞格助詞、呼格助詞」。其中主格助詞（주격조사）使體言（名詞、代名詞、數詞）具備主語資格；補格助詞（보격조사）讓體言成為句子中之補語；受格助詞（목적격조사）讓體言成為他動詞之受語；冠形格助詞（관형격조사）讓前方之體言成為後方體言之冠形語，使兩體言得以連結；副詞格助詞（부사격조사）則令體言成為副詞語，同時對文意加以修飾，且其數量在格助詞中屬最多；呼格助詞（호격조사）則使體言可被用於呼喚時使用。

　　另一方面，補助詞（보조사）又可被稱作「特殊助詞」，具備另為前方體言添加特殊含義之功能；至於接續助詞（접속조사）則是具備令兩個以上的體言得以相同資格接續、並列之功能。

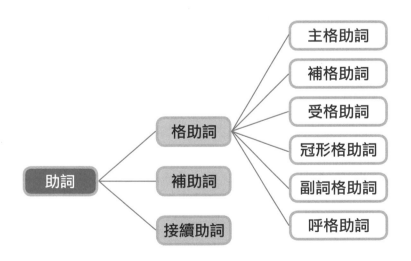

X4 | 助詞之位置

　　綜合前述內容，助詞並非僅具單一功能，而是可具備以下功能：①用以標示前方內容在相對於其他內容時所具備之資格、②為前方體言添加特殊含義、③使兩個以上的體言得以相同之資格接續、並列。

　　由於各助詞在功能上有所差異，加上助詞之使用本身較為自由，助詞在實際使用中可位於體言（名詞、代名詞、數詞）、用言（形容詞、動詞）、副詞、語末語尾，甚至是助詞等後方；惟置於名詞後方之情況為絕大多數，且其餘之情形常不具規範、固定用法，因此在韓語教學現場中常以「名詞＋助詞」為主軸進行敘述，在本書中亦如此。此乃為達成有效率之學習所做出之應對，然出現頻率較高之特殊用法亦於書中另行說明，並不遺漏。

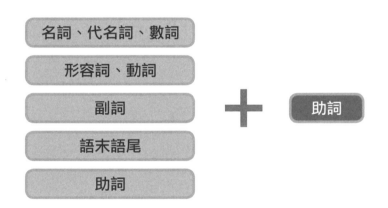

X5 | 助詞之省略

助詞在韓語中固然扮演著非常重要的角色，但口語中實存在可被省略之情形，且經省略助詞後之句子反而較為自然、通順的情況亦不占少數。從前方所提及之助詞的功能來看，「補助詞」由於係為前方體言添加特殊含義，本就於必要時才被使用，因此不予以省略；而「格助詞、接續助詞」則因本身之功能性較為單純，較無特殊含義之賦予、添加，因而在部分情形中可被予以省略。惟「格助詞」係用以標示前方內容在相對於其他內容時所具備之資格，僅在話者、聽者雙方對話題內容皆清楚之情形下予以省略，因倘若過分省略，將使句中成分間之關係產生混亂，進而導致溝通不順暢。

總而言之，韓語中的助詞雖然可以被省略，但須倚賴文法意義、當下狀況、句子脈絡等加以判斷，且省略助詞前後之句子，在語感、意思上亦可能存在細微之差異，並無特定規範，此部分唯有從使用中獲得經驗後方能得心應手。

X6 | 助詞間之結合

在前述中提到助詞置於助詞之後方，此即為助詞間之結合，且有兩種使用情形：①根據實際需要結合使用，互相結合之助詞數量並無一定限制、②已經被登載於字典中之結合型態，此為因結合使用之頻率甚高而被收錄為一全新之助詞，亦可稱為「合成助詞」。助詞之結合同助詞之省略一樣，並無特定規範，但觀察實際之結合使用狀況，仍可歸納出一些規則。

首先，格助詞根據本身之「意義」功能，又可將部分助詞擷取出，並區分為「構造格助詞、意味格助詞」。構造格助詞（구조격 조사）並未具有明顯之特定含義，僅標示文法關係，含括「主格助詞、補格助詞、受格助詞、冠形格助詞」；意味格助詞（의미격 조사）具有鮮明之特定含義，並非僅僅單純地表示文法關係，「副詞格助詞」則屬之。

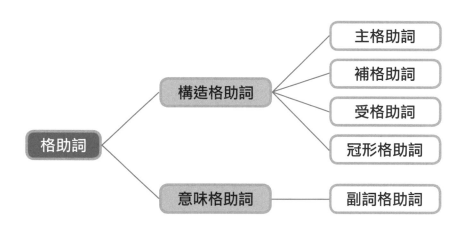

在清楚格助詞的分類後，接著揭示出助詞間在結合時之限制。當補助詞與構造格助詞相結合時，須依照「補助詞-構造格助詞」之順序；當意味格助詞與構造格助詞相結合時，依照「意味格助詞-構造格助詞」之順序；當意味格助詞與補助詞相結合時，則依照「意味格助詞-補助詞」之順序。

以上為助詞間在相互結合時，原則上必須遵循之規則，惟在實際使用時仍有特例之情況存在，且助詞順序對調前後之句子，在語感、意思上亦可能存在細微之差異，此部分亦唯有從使用中獲得經驗後方能培養習慣。

格助詞、接續助詞

韓語中之「格助詞」在目的上較為單純，主要用來標示前方體言（名詞、代名詞、數詞）在相對於其他內容時所具備之資格；至於「接續助詞」，則是擁有令兩個以上的體言得以以相同資格接續、並列之功能。

同樣的詞彙，若與不同之格助詞、接續助詞相互結合，在句中所呈現出之意義便隨之不同。因此，學習者藉由本單元建立正確且迅速之判斷能力，始能以有效率的方式使用助詞，流暢地表達韓語。

A1 | 文法意義

A1-1 이/가
....

功　　能：表示位於前方的名詞為該句中之主格或補格。

中文翻譯：✕

文法屬性：主格助詞、補格助詞。

結合用例：

最後一字「有」收尾音	학생	학생이
最後一字「無」收尾音	학교	학교가

用　　法：

1. 作為主格助詞使用時，表示前文屬該句之主語。若「이/가」後方接續動詞時，位於前方之名詞為實行該動作之主體；而當後方接續形容詞、名詞이다時，位於前方之名詞則為該狀態、屬性修飾與陳述之對象。

   - 어제 바람이 많이 불었어요.
     昨天風颳得很大。

     （表示「바람」（風）為進行「불다」（颳）一動作之主體。）

   - 기분이 좋을 때 보통 무엇을 하나요?
     心情好的時候通常會做什麼呢？

     （表示「기분」（心情）為「좋다」（好）一狀態修飾之對象。）

- 여기가 내 모교인데 아주 오랜만에 온 거예요.

  這裡是我的母校，真的好久沒來了。

  （表示「여기」（這裡）為「모교이다」（是母校）一屬性陳述之對象。）

2. 位於「이/가」前方之名詞常為句子中之重點，強調被指定之對象，且具排他性；同時，為使文意清楚，當不定代名詞為該句中之主語時，後方通常會接上「이/가」。

- A: 어느 분이 선생님이세요?

  哪一位是老師呢？

  B: 셔츠를 입으신 분이 우리 선생님이세요.

  穿著襯衫的那位是我們的老師。

  （位於「이/가」前方之名詞，為句中絕對不可省略的部分，常用於指定特定項目、對象時。）

- A: 한국 음식 중에서 뭐가 제일 유명해요?

  在韓國食物中什麼最有名呢？

  B: 떡볶이가 제일 유명하지요.

  是辣炒年糕最有名。

  （常見之不定代名詞有：「언제」（何時）、「어디」（何處）、「누구」（誰）、「뭐」（什麼）、「무엇」（什麼）。）

3. 作為補格助詞使用時，後方會與表示「否定」意義之「아니다」，及表示「成為、組成」意義之「되다」搭配使用。此時緊連於「아니다」、「되다」前方之「이/가」，表示前方之名詞為該句之補格，具有補足原先不完整的含義，並有讓該句意義更完整之功能。

- 약속한 날짜는 오늘이 아니에요.

  約定好的日期不是今天。

  （若缺少「오늘이」則意思不完整，此時與「아니다」（不是）搭配使用。）

- 제 꿈은 의사가 되는 것입니다.

  我的夢想是成為醫生。

  （若缺少「의사가」則意思不完整，此時與「되다」（成為）搭配使用。）

4. 在與「누구」（誰）、「저」（我）、「나」（我）、「너」（你）結合使用時，常作「누가」、「제가」、「내가」、「네가」。

- 내 돈은 네가 가져간 거지?

  我的錢是你拿走的吧？

- 나머지 부분은 제가 설명해 드릴게요.

  剩下的部分由我來為您説明吧。

5. 在對話中，常會將「이/가」予以省略，此乃因在對話中，雙方皆清楚所談及之內容、脈絡；惟於文章中應避免省略，且在對話中亦勿過度省略，以避免語意錯誤。

延伸補充：

1. 除了具標示句中主格、補格之功能外，「이/가」亦可作為較單純之「強調」功能使用。

- 그 당시 너무 충격을 받아서 말을 할 수가 없었어요.

  當時真的是太震驚，所以説不出話來。

- 어떻게든 하고 싶지가 않아요.

  無論如何都不想做。

2. 在文章、對話中出現新、舊資訊時，身為新資訊之名詞後方通常會接上
   「이/가」；身為舊資訊、已知訊息之名詞後方則會接上「은/는」。

   • 옛날 옛날에 저 마을에 한 할머니가 살았는데, 그 할머니는
     마녀였어요.
     在很久很久以前，那個村子裡住著一位老奶奶，而那個老奶奶是個魔女。

3. 在一般情形下，當句子中出現大主語、小主語時，位於「이/가」前方之名
   詞屬小主語，僅為句中用來描述大主語之其中一小部分；而位於「은/는」
   前方之名詞則屬大主語，是針對句子整體進行之敘述部分。

   • 저는 사람이 많은 곳을 싫어해요.
     我討厭人多的地方。

     （對應於「싫어하다」（討厭）一動作之行為者為「저」（我），係屬
     此句中「主要敘述」之主語，是為大主語；而對應於「많다」（多）一
     狀態之對象為「사람」（人），係屬此句中「身為補充說明的描述」之
     主語，是為小主語。）

   • 모차르트는 제가 가장 존경하는 음악 작곡가예요.
     莫札特是我最尊敬的音樂作曲家。

     （小主語所隸屬的部分，通常並非是話者對於該事件之完整描述，僅具
     成為補充描述之功能。）

   > 📖 韓語中「大主語、小主語」之概念，可比擬作在學習英語時「形
   > 容詞子句（關係子句）」中之「大主詞、小主詞」概念。

4. 若動作之主體本身為不具有思考能力之機構、團體，例如：學校、公司、政
   府等，此時必須將「이/가」置換成「에서」。

   • 학교에서 장학금을 줬어요.
     學校給了獎學金。

- 홍수로 일어난 침수 피해에 대해서 정부에서 보상해 줄까요?
  針對洪水造成的淹水災害，政府會給予補償嗎？

5. 若該句之主語為可表達人數之詞彙、數詞時，可將「이/가」替換成「(이)서」。

- 혼자서 여행을 가는 것을 좋아해요.
  喜歡一個人去旅行。

- 설마 어제 둘이서 술 마셨어?
  該不會昨天你們倆（單獨）喝酒了吧？

A1-2 을/를

功　　能：表示位於前方的名詞為該句中之受格。

中文翻譯：✕

文法屬性：受格助詞。

結合用例：

最後一字「有」收尾音	학생	학생을
最後一字「無」收尾音	학교	학교를

用　　法：

1. 表示前文屬該句之受語。受語在韓語中被稱為「目的語」，是為受到動作影響之對象。

   - 저는 매일 홍삼을 먹어요.
     我每天都吃紅蔘。

     （表示「홍삼」（紅蔘）為受「먹다」（吃）一動作影響之對象。）

   - 재래시장에서 배추를 샀어요.
     在傳統市場買了白菜。

     （表示「배추」（白菜）為受「사다」（買）一動作影響之對象。）

   > 📖 韓語中之「目的語（목적어）」，可比擬作在學習英語時其中之「受詞（object）」概念；而在學習國文時往往將其稱之為「賓語」。

2. 由於牽涉到動作之影響，因此「을/를」通常與動詞一同使用，且該動詞通常是需要動作對象之「他動詞」。

- 저는 공부하다 졸릴 때 껌을 씹어요.
  我讀書讀到想睡的時候會咀嚼口香糖。

- 수업에서 한국어 발음을 연습합니다.
  在課堂上練習韓語發音。

  > 📖 韓語中之「他動詞」，可比擬作在學習英語時其中之「及物動詞（transitive verb）」概念；另一方面，不需動作對象之動詞則稱為「自動詞」。

3. 在實際使用時，有時可將「를」與無收尾音之前一字合併，此時會於前一字上添加收尾音字「ㄹ」。

- 뭘 먹고 싶어요?
  想吃什麼呢？
  （此處之「뭘」由「뭐」（什麼）與「ㄹ」結合而成。）

- 아니, 이걸 다 네가 먹은 거야?
  不會吧？這個全部都是你吃掉的嗎？
  （此處之「이걸」由「이거」（這個）與「ㄹ」結合而成。）

4. 在實際使用時，若句中之受格角色十分明確時，時常將「을/를」予以省略；而在口語對話中，省略後的文句有時甚至更顯自然、通順。

延伸補充：

1. 除了可標示文法意義之外，「을/를」亦可接於語尾、助詞、副詞等後方，此時則有「加強語氣」、「強調」之意。

- 그는 너무 착해서 남의 부탁을 거절하지를 못해요.
  他因為太善良了，所以無法拒絕別人的請託。

- 너는 자기 이익만을 생각하지.

  你只想著自己的利益吧。

2. 在部分情況下，「을/를」並不與需要動作對象之「他動詞」一起使用，而是與「가다」（去）、「오다」（來）、「다녀오다」（去一趟）等移動動詞一同出現。此時位於「을/를」前方名詞所代表的動作，為進行該移動動作之目的。

- 여행을 다녀왔습니다.

  我去旅行了一趟。

  （表示進行「다녀오다」（去一趟回來）一移動動作之目的為「여행」（旅行）。）

- 일이 다 끝나서 이제 마음을 놓고 휴가를 갈 수 있어요.

  因為事情全部都結束了，現在可以放心地去休假了。

  （表示進行「가다」（去）一移動動作之目的為「휴가」（休假）。）

A1-3 께서

功　　能：表示位於前方的名詞為該句中之主格，同時表示尊敬。

中文翻譯：✕

文法屬性：主格助詞。

結合用例：

最後一字「有」收尾音	그분	그분께서
最後一字「無」收尾音	선조	선조께서

用　　法：

1. 在對名詞表示尊敬的同時，表示前文屬該句之主語。若「**께서**」後方接續動詞時，位於前方之名詞為實行該動作之主體；而若後方接續形容詞、名詞이다時，位於前方之名詞則為該狀態、屬性修飾與陳述之對象。

   - 부모님께서 아주 기뻐하시겠네요.
     父母肯定感到非常地喜悅呢。

     （表示「부모님」（父母）為進行「기뻐하다」（感到喜悅）一動作之主體。）

   - 할아버님께서 많이 편찮으셔?
     爺爺（身體）很不適嗎？

     （表示「할아버님」（爺爺）為「편찮다」（身體欠安）一狀態修飾之對象。）

- 이분께서 저희 선생님이십니다.

  這位是我們的老師。

  （表示「이분」（這位）為「저희 선생님이다」（是我們的老師）一屬
  性陳述之對象。）

> 📖 「께서」可視為主格助詞「이/가」之尊敬形；惟在文法意義之
> 功能上雖相同，仍然在「是否可與其他詞類結合」、「省略與
> 否」等特徵上有些許之差異。

2. 「께서」涉及「主體尊敬」，即與主體、行為者相關之尊敬，因此需要考量
主體與話者之間的關係；若對話者來説，主體是需給予尊敬、禮遇之對象，
則以「께서」作為主格助詞使用。

- 우리 선생님께서 이번 시험의 출제자이십니다.

  我們老師是這次考試的出題者。

  （對於話者來說，作為句中主體、主格之「우리 선생님」（我們老師）
  是需要尊敬之對象。）

- 교수님께서 요새 많이 바쁘셔?

  教授最近很忙嗎？

  （對於話者來說，作為句中主體、主格之「교수님」（教授）是需要尊
  敬之對象。）

> 📖 韓語中之尊敬可分為「相對尊敬」、「主體尊敬」、「客體尊
> 敬」。「相對尊敬」是與聽者相關之敬語；「主體尊敬」是與主
> 體、行為者相關之敬語；「客體尊敬」則是與對方、受行為影響
> 者相關之敬語。其中，除需考量之對象有所差異之外，亦分別以
> 不同的方式呈現。

延伸補充：

1. 「께서」為層級較高之尊待方式，若使用其作為標示主語之主格助詞，則句中對於該主語之相關描述，亦需同時使用主體尊敬，以維持尊敬之一致。

   - 전하께서 어명을 내리셨습니다.
     陛下下達了御令。

     （使用同屬主體尊敬之先語末語尾「-(으)시-」以保持尊敬之一致。）

   - 할머님께서 어제 잘 주무셨어요.
     奶奶昨天睡得很好。

     （使用同屬主體尊敬之語彙「주무시다」（就寢）以保持尊敬之一致。）

2. 由於涉及之主體尊敬需要考量主體與話者之間的關係，因此若在新聞播報、報章雜誌等較為公開之場合中，為達成不透露個人價值觀之客觀描述，常不予以使用。

助詞結合實例：

1. 께서 + 은/는

   - 부장님께서는 지금 댁에 계세요.
     部長現在在（部長的）府上。

2. 께서 + 도

   - 교수님께서도 감기 조심하시기 바랍니다.
     希望教授也小心（不要）感冒。

A1-4 의

功　　能：使前文成為得以修飾後方名詞之冠形格。

中文翻譯：……的、……之、✕

文法屬性：冠形格助詞。

結合用例：

最後一字「有」收尾音	학생	학생의
最後一字「無」收尾音	학교	학교의

用　　法：

1. 使兩名詞之間得以連結，同時利用前方名詞修飾後方名詞。其中，後方名詞因前方名詞之修飾得以較為具體、局限。

   - 이 학생의 논문은 매우 훌륭해요.
     這個學生的論文非常優秀。

     （透過助詞之添加，使「논문」（論文）之範圍局限於「학생의 논문」（學生的論文），限縮其意義。）

   - 사건의 이유를 반드시 찾아야 합니다.
     必須要找出事件的原因。

     （透過助詞之添加，使「이유」（理由）之範圍局限於「사건의 이유」（事件的理由），限縮其意義。）

2. 如同中文之「的」，可涵蓋「所有」、「所屬」、「屬性」、「關係」、「程度」、「目的」、「譬喻」、「關於」等多種含義，依據實際使用而有所不同。

- 이것은 반장의 가방이에요.
   這個是班長的包包。

   （此處之「의」，表「所有」，即包包為班長之所有物。）

- 우리의 학교는 세계적으로 유명합니다.
   我們的學校舉世聞名。

   （此處之「의」，表「所屬」，即我們所屬於學校。）

- 분유는 40도의 물에 타야 합니다.
   奶粉必須用 40 度的水沖泡。

   （此處之「의」，表「程度」，即水之溫度為40度。）

> 📖 由於「의」所涵括之意義十分多樣，為掌握正確之使用方式，若倚賴中文翻譯協助判斷，應能使此助詞之使用更為容易。

3. 實際使用時，若在省略句中兩名詞間之從屬關係明確，則可視情況省略「의」；反之，若在從屬關係不明確之兩名詞間則不宜省略。

- 한복은 우리 나라의 전통 옷이에요.
   韓服是我們（的）國家的傳統（的）服飾。

- 그 일의 결과는 너무나 뻔합니다.
   那個事情的結果真的是太顯而易見了。

4. 當代名詞「저」（我）、「나」（我）、「너」（你）添加於「의」添加前
   方時，兩者可相結合並縮寫作「제」（我的）、「내」（我的）、「네」
   （我的）。

   - 내 마음 알지?
     （你）知道我的心意吧？

   - 제 직업은 간호사예요.
     我的職業是護理師。

延伸補充：

1. 為使句子之意義更為生動、具體，有時「의」可添加於部分助詞後方，為後
   方名詞之修飾更添色彩；惟此乃具翻譯式口吻之文句，是之前未有之韓語呈
   現方式，需適時謹慎使用。

   - 학생으로서의 본분을 지키세요.
     請遵守身為學生（應盡）的本分。

     （比起「학생의 본분」（學生的本分），「학생으로서의 본분」（身為
     學生的本分）之語感更為細緻。）

   - 대만에서의 한국어 교육 현황을 소개하겠습니다.
     介紹在臺灣的韓語教育現況。

     （比起「대만의 한국어 교육 현황」（臺灣的韓語教育現況），「대만
     에서의 한국어 교육 현황」（在臺灣的韓語教育現況）之意義更為具
     體。）

A1-5 에[1]

功　　能：表示前文為該句陳述中所涉及之時間、地點。

中文翻譯：在……、於……、✕

文法屬性：副詞格助詞。

結合用例：

最後一字「有」收尾音	교실	교실에
最後一字「無」收尾音	오후	오후에

用　　法：

1. 表示動作進行、狀態發生之時間點。

- 지난달에 고등학교를 졸업했어요.
  上個月（從）高中畢業了。
  （表示「졸업하다」（畢業）一動作是在「지난달」（上個月）進行。）

- 보통 오후에 손님이 많아요.
  通常下午的時候客人很多。
  （表示「손님이 많다」（客人多）一狀態是在「오후」（下午）時發生。）

2. 為清楚標示動作及狀態之時間點，絕大多數與時間相關之名詞後方皆會添加「에」；惟部分時間名詞在習慣上以不添加「에」為原則。

- 지금 무엇을 하고 있어요?
  現在正在做什麼呢？

- 제가 어제 젓갈을 처음 먹었어요.

  我昨天第一次吃海鮮醬。

  > 📖 部分涉及時間概念之名詞通常不添加「에」，常見的有：「오늘」（今日）、「어제」（昨日）、「그저께」（前天）、「내일」（明日）、「모레」（後天）、「지금」（現在）、「언제」（何時）。

3. 表示狀態對應、存在之地點、範圍。

- 영화관에 사람이 많아요.

  （在）電影院有很多人。

  （表示「영화관」（電影院）為「사람이 많다」（人很多）一狀態對應到之範圍。）

- 정부 청사는 보통 수도에 있습니다.

  政府辦公大樓通常位在首都。

  （表示「수도」（首都）為「있다」（有）一狀態存在之地點。）

4. 為清楚標示狀態存在之地點與範圍，絕大多數與地點相關之名詞後方皆會添加「에」；但「여기」（這裡）、「거기」（那裡）、「저기」（那裡）、「어디」（何處）後方之「에」，在口語對話中常被省略。

- 그 사람 지금 어디 있어?

  那個人現在在哪裡啊？

- 거기 괜찮은 식당이 되게 많아요.

  （在）那裡有挺多還不錯的餐廳。

延伸補充：

1. 當句中出現兩個以上與時間相關之名詞，則僅需要在位於最後方之時間名詞後添加「에」即可，前方之時間名詞後不需添加；即將句中表示時間之所有名詞合併視為一個時間點即可。

- 오후 1시에 약속이 있어요.
  在下午 1 點有約。

- 금요일 몇 시에 만날까요?
  要在星期五幾點見面呢？

  > 上述兩個句子中，雖皆包含兩個表示不同時間之名詞，但在句中合併表達一個時間點，因而將其合併處理，並不需要在每個時間名詞後方加上「에」。

2. 雖然需將同樣類別之助詞予以省略，但句中並非僅能出現一個「에」；當「에」所標示之意義、功能相異，則可視為不同，不可任意省略。

- 오늘 오전에 교실에 사람이 한 명도 없었어요.
  今天上午教室（裡）一個人都沒有。

  （「오늘」（今日）、「오전」（上午）兩名詞皆表示時間，因而將其合併處理，視為「오늘 오전」（今日上午）一個時間點，並在後方添加一個「에」即可；然而「교실」（教室）一名詞則表示地點，與前述兩名詞之功能不同，因而獨立後於後方加上另一個「에」。）

助詞結合實例：

1. 에 + 은/는

- 지난번에는 갔지만 이번에는 절대 안 가겠어요.
  上一次雖然去了，但這次是絕對不會去的。

2. 에 + 도

- 이 가게는 주말에도 문을 열어요.
  這間商店在週末也有開門。

A1-6 에서[1]

功　　能：表示前文為該句敘述中所涉及之空間、範圍。

中文翻譯：在……

文法屬性：副詞格助詞。

結合用例：

最後一字「有」收尾音	식당	식당에서
最後一字「無」收尾音	학교	학교에서

用　　法：

1. 表示動作進行之場所、空間；此時的場所、空間包含實體，亦包含假想之虛構空間。

- 지금 거기에서 무엇을 하고 있어요?
  現在正在那裡做什麼呢？
  （此處之「거기」（那裡）為實體之場所。）

- 내 입장에서 생각해 본 적이 있어?
  （你）有（站）在我的立場（上）想過嗎？
  （此處之「입장」（立場）為假想之虛構空間。）

> 📖 在句子中常與「가다」（去）、「오다」（來）等移動動詞一同使用之「에서」，為涉及「出發點」之用法，與此篇之助詞功能不同，因此並不是相同的用法。

2. 在實際使用時，有時會將「에」予以省略，作「서」。

- 배가 고픈데 밥은 어디서 먹을까?
  肚子餓了呢，飯要在哪裡吃呢？

- "페루 공항서 여객기와 소방차 충돌... 소방대원 2명 부상"
  （新聞標題）「在秘魯機場客機與消防車衝撞⋯⋯，2 名消防隊員受傷」

延伸補充：

1. 「에서」表示的是動作進行之場所、空間，在與部分動詞一同使用時，可能因該動詞本身動作之特性而有所限制，或在意義上有所不同。

- 방에서 편지를 쓰고 있어요.
  正在房間裡寫信。

  （表示「방」（房間）為「쓰다」（寫）一動作進行之空間，即「是在房間裡寫信」。在中文翻譯上為「在（空間）做（動作）」。）

- 답안을 시험지에 쓰세요.
  請將答案寫在考卷上。

  （「시험지」（考卷）並非「쓰다」（寫）一動作進行之空間，僅為一物品，即「並非在考卷一場所裡寫答案」；「쓰다」（寫）一動作進行之空間可能為教室或考場等場所，此時的「시험지」（考卷）可視為「쓰다」（寫）一動作的終止點、著落處。在中文翻譯上為「做（動作）在（地點）。」）

> 部分動詞因本身之動作特性，使得在與「에서」一同使用時會有所限制，如：「살다」（居住、生活）、「쓰다」（寫）、「서다」（站）、「앉다」（坐）、「놓다」（放下）、「넣다」（放入）、「박다」（釘）、「뱉다」（吐）等詞彙。

2. 除表示動作進行之場所、空間之外，「에서」亦可單純表示空間、範圍，且通常將該範圍視為一背景場所，並在其中做出選擇並加以描述。

- 시장은 이제 서울에서 가장 인기있는 명소 중 하나입니다.
  市場是現在在首爾最有人氣的觀光景點其中之一。

- 우리 반에서 내가 제일 공부를 잘해요.
  在我們班我最會讀書。

助詞結合實例：

1. 에서 + 만

- 이 옷은 우리 가게에서만 판매합니다.
  這件衣服只有在我們店裡販售。

2. 에서 + 보다

- 싱가포르의 흡연 관련 법규는 한국에서보다 엄격해요.
  新加坡的吸菸相關法規比在韓國嚴格。

A2-1 하고

功　　能：使兩個以上之名詞得以連接，或表示共同從事某行動。

中文翻譯：……和……、……與………、……還有……

文法屬性：接續助詞、副詞格助詞。

結合用例：

最後一字「有」收尾音	학생	학생하고
最後一字「無」收尾音	학교	학교하고

用　　法：

1. 作為接續助詞使用時，用以連接兩個以上之名詞，此時這些名詞通常具備相同屬性。

- 어제 카페에서 케이크하고 아메리카노를 시켰어요.
  昨天在咖啡店點了蛋糕和美式咖啡。

  （「케이크」（蛋糕）和「아메리카노」（美式咖啡）兩名詞雖各自獨立，但在此時皆是菜單中的一個選項，可視為同一屬性。）

- 방에는 침대하고 옷장이 있어요.
  在房間裡有床和衣櫥。

  （「침대」（床）和「옷장」（衣櫥）兩名詞雖各自獨立，但皆是室內擺設的一個選項，可視為同一屬性。）

2. 用以連接名詞時，儘管位於最後方之名詞後面並無其他名詞，但在口語使用上因音韻上之對稱，且為強調名詞間之對等關係，仍會有加上「하고」之情形發生。

- 연필하고 지우개하고 자하고 다 가져오세요.
  鉛筆、橡皮擦和尺都請拿過來。

- 형하고 누나하고 다 직장에 다녀요.
  哥哥和姊姊都在上班。

3. 作為副詞格助詞使用時，後方會接續動詞，表示共同進行某動作。

- 방학 때 친구하고 놀았어요.
  放假的時候和朋友玩了。

- 너 어제 밤에 누구하고 같이 있었어?
  你昨天晚上和誰待在一起？

  📖 在作為表示共同進行某動作時，在句中就算並未明示動作之共同進行者，但往往可以透過當下之對話、情況得以判斷出，從而得知該動作之所有行為者。

4. 口語中常將「하고」發音作「하구」，但在書寫上仍需按標準之形態書寫。

延伸補充：

1. 用以表示共同進行某動作時，為使「一起、一同」之語意更為明確，常添加副詞「같이」（一起）於句中；惟需注意此時之副詞，僅扮演著補充修飾之功能，可有可無，並非用以取代身為助詞的「하고」。

- 외국인 친구하고 (같이) 민속촌에 놀러 갔어요.
  和外國朋友（一起）去了民俗村玩。

- 내일 저녁에 중학교 동창하고 (같이) 밥을 먹어요.
  明天晚上和國中同學（一起）吃飯。

2. 「하고」亦可表示比較之基準對象，即將位於前方之名詞視為比較基準，並加以敘述；後方須接上與比較相關，或需要有兩個以上之對象始能作敘述的詞彙。

- 나는 우리 오빠하고 닮았어.

  我和我的哥哥很像。

  （「닮다」（像）一詞彙通常用於描述兩個以上之對象，與「하고」同時使用始具備完整意思。）

- 나이가 들어서 몸이 예전하고 달라요.

  因為上了年紀，身體和之前不同（了）。

  （「다르다」（不同）一詞彙通常用於比較，與「하고」同時使用始具備完整意思。）

> 📖 在表示比較之基準對象時，常與「하고」一同出現之詞彙有：「다르다」（不同）、「닮다」（像）、「비슷하다」（相似）、「같다」（相同）、「똑같다」（完全一樣）、「비교하다」（比較）、「가깝다」（近）、「친하다」（親近）。

助詞結合實例：

1. 하고 + 은/는

- 그 사람하고 이미 갔다 왔는데 나하고는 같이 안 가는 거야?

  已經和他去過一趟，（倒是）不和我一起去？

2. 하고 + 만

- 영수는 여자친구가 생긴 지 얼마 안 되어, 여자친구하고만 놀아요.

  英洙剛有女朋友沒多久，就只和女朋友玩而已。

A2-2 과/와

功　　能：使兩個以上之名詞得以連接，或表示共同從事某行動。

中文翻譯：……和……、……與……、……及……

文法屬性：接續助詞、副詞格助詞。

結合用例：

最後一字「有」收尾音	학생	학생과
最後一字「無」收尾音	학교	학교와

用　　法：

1. 作為接續助詞使用時，用以連接兩個以上之名詞，此時這些名詞通常具備相同屬性。

   - 날씨가 좋아서 매년 봄과 가을에 여행을 가요.
     因為天氣很好，每年春季和秋季（會）去旅行。
     （「봄」（春）和「가을」（秋）兩名詞雖各自獨立，但皆是季節之一，可視為同一屬性。）

   - 건강한 삶을 위해서는 식단 관리와 운동이 중요합니다.
     為了健康的生活，飲食管理和運動非常重要。
     （「식단 관리」（飲食管理）和「운동」（運動）兩名詞雖各自獨立，但在此時皆是控制體重的一個方式，可視為同一屬性。）

2. 作為副詞格助詞使用時，後方會接續動詞，表示共同進行某動作。

- 일이 많아서 어제 동료들과 야근을 했어요.
  因為事情很多，昨天和同事們加了班。

- 서로 오해를 풀지 못해서 아내와 이혼을 했습니다.
  因為無法解開彼此的誤會，所以和妻子離了婚。

  在作為表示共同進行某動作時，在句中就算並未明示動作之共同
  進行者，但往往可以透過當下之對話、情況得以判斷出，從而得
  知該動作之所有行為者。

3. 在功能上與「하고」相同；惟「과/와」屬較為嚴謹、正式之用法，較常被
   用於書面撰寫、正式場合中。

- 1인가구와 딩크족이 요새 가장 흔한 가족 형태입니다.
  一口之家（獨身）及頂客族（不生育之夫妻）是近來最常見之家庭型態。

- 대통령이 부인과 함께 해외 순방을 하였습니다.
  大統領（總統）與夫人一同進行了海外巡訪。

延伸補充：

1. 用以表示共同進行某動作時，為使「一起、一同」之語意更為明確，常會添
   加副詞「함께」（一同）於句中；惟需注意此時之副詞，僅扮演著補充修飾
   之功能，可有可無，並非用來取代身為助詞的「과/와」。

- 어머니는 선생님과 (함께) 이야기를 나누었어요.
  母親和老師一起談了話。

- 자료와 함께 브리핑도 준비해 오세요.
  （除）資料（外），簡報也請一起準備來。

2. 「과/와」亦可表示比較之基準對象，即將位於前方之名詞視為比較基準，
   並加以敘述；後方須接上與比較相關，或需要有兩個以上之對象始能作敘述
   的詞彙。

   - 사람들은 자기와 비슷한 사람과 어울리기 마련입니다.
     人們總是會和與自己相似的人相處（在一起）。

     （「비슷하다」（相似）一詞彙通常用於描述兩個以上之對象，與「과/
     와」同時使用始具備完整意思。）

   - 작년과 비교할 때 올해 겨울은 더 춥습니다.
     和去年相比（的話），今年的冬天比較冷。

     （「비교하다」（比較）一詞彙由於用於比較，與「과/와」同時使用始
     具備完整意思。）

   > 📖 在表示比較之基準對象時，常與「과/와」一同出現之詞彙有：
   > 「다르다」（不同）、「닮다」（像）、「비슷하다」（相
   > 似）、「같다」（相同）、「똑같다」（完全一樣）、「비교하
   > 다」（比較）、「가깝다」（近）。

助詞結合實例：

1. 과/와 + 은/는

   - 일기 예보와는 달리 하늘은 매우 화창하네요.
     和天氣預報不同，天空非常地晴朗呢。

2. 과/와 + 도

   - 오랫동안 고향에 돌아가지 않아 고향 친구와도 연락이 끊겼
     어요.
     因為許久沒有回家鄉，和朋友也斷了聯繫了。

A2-3 (이)랑

功　　能：使兩個以上之名詞得以連接，或表示共同從事某行動。

中文翻譯：……跟……、……和……

文法屬性：接續助詞、副詞格助詞。

結合用例：

最後一字「有」收尾音	학생	학생이랑
最後一字「無」收尾音	학교	학교랑

用　　法：

1. 作為接續助詞使用時，用以連接兩個以上之名詞，此時這些名詞通常具備相同屬性。

   * 백화점에서 점퍼랑 바지를 샀어요.
     在百貨公司買了夾克和褲子。

     （「점퍼」（夾克）和「바지」（褲子）兩名詞雖各自獨立，但皆是服飾中的一個選項，可視為同一屬性。）

   * 광장시장에서는 빈대떡이랑 육회를 먹어야 해요.
     在廣藏市場一定要吃綠豆煎餅跟生牛肉。

     （「빈대떡」（綠豆煎餅）和「육회」（生牛肉）兩名詞雖各自獨立，但皆是小吃中的一個選項，可視為同一屬性。）

2. 用以連接名詞時，儘管位於最後方之名詞後面並無其他名詞，但在口語使用上因音韻上之對稱，且為強調名詞間之對等關係，仍有加上「(이)랑」之情形發生。

- 여권이랑 지갑이랑 열쇠랑 다 가방에 넣었어.
  護照、皮夾和鑰匙都放進包包了。

- 집들이에 친척이랑 친구랑 모두 초대했어요.
  邀請了親戚和朋友全部的人（一起）來喬遷宴。

3. 作為副詞格助詞使用時，後方會接續動詞，表示共同進行某動作。

- 나랑 사귈래?
  要跟我交往嗎？

- 부모님이랑 얘기해 보고 결정할게요.
  （我）會和父母親說說看後再決定的。

> 📖 在作為表示共同進行某動作時，在句中就算並未明示動作之共同進行者，但往往可以透過當下之對話、情況得以判斷出，從而得知該動作之所有行為者。

4. 在功能上與「하고」相同；惟「(이)랑」屬較為口語、不正式之用法，通常不被用於書面撰寫、正式場合中。

- 사과 하나랑 배 하나 주세요.
  請給我一個蘋果跟一個梨子。

- 나랑 한판 붙자.
  跟我比一場（比賽）吧。

延伸補充：

1. 用以表示共同進行某動作時，為使「一起、一同」之語意更為明確，常添加副詞「같이」（一起）於句中；惟需注意此時之副詞，僅扮演著補充修飾之功能，可有可無，並非用以取代身為助詞的「(이)랑」。

- 나랑 (같이) 영화 보러 갈래?
  要和我（一起）去看電影嗎？

- 아내랑 (같이) 친구의 결혼식에 참석해요.
  和妻子（一起）出席朋友的結婚典禮。

2. 「(이)랑」亦可表示比較之基準對象，即將位於前方之名詞視為比較基準，並加以敘述；後方須接上與比較相關，或需要有兩個以上之對象始能作敘述之詞彙。

- 나는 우리 남동생이랑 키가 비슷해.
  我跟我的弟弟身高差不多（高）。

  （此處之「키」（身高），僅是「키가 비슷하다」（身高相似）描述中之一部分而已；即「(이)랑」並非連接「남동생」（弟弟）與「키」（身高）。）

- 저는 성격이 남동생이랑 완전 달라요.
  我個性跟弟弟完全不同。

  （「다르다」（不同）一詞彙通常用於比較，與「(이)랑」同時使用始具備完整意思。）

  > 📖 在表示比較之基準對象時，常與「하고」一同出現之詞彙有：「다르다」（不同）、「닮다」（像）、「비슷하다」（相似）、「같다」（相同）、「똑같다」（完全一樣）、「비교하다」（比較）、「가깝다」（近）、「친하다」（親近）。

助詞結合實例：

1. (이)랑 + 은/는

   - 이 옷은 예쁘긴 하지만, 너랑은 어울리지 않아.
     這衣服確實是漂亮，但是和你卻不搭。

2. (이)랑 + 만

   - 왜 나랑만 얘기 안 한 거야?
     為什麼就只沒跟我說呢？

A2-4 (이)나[1]

功　　能：列舉兩個以上之名詞，並在其中做出選擇。

中文翻譯：……或……

文法屬性：接續助詞。

結合用例：

最後一字「有」收尾音	학생	학생이나
最後一字「無」收尾音	학교	학교나

用　　法：

1. 列舉出兩個以上之名詞，並在其中做出選擇；此時這些名詞通常具備相同屬性。

   • 아침에는 우유나 두유를 마셔요.
   在早上喝牛奶或豆奶。

   （「우유」（牛奶）和「두유」（豆奶）兩名詞在此時皆是早餐飲品中的一個選項，視為同一屬性。）

   • 우리는 수요일이나 목요일에 출발하면 돼요.
   我們在星期三或星期四出發就行了。

   （「수요일」（星期三）和「목요일」（星期四）兩名詞皆是日子中的一個選項，視為同一屬性。）

延伸補充：

1. 格助詞、接續助詞之間通常不互相結合使用，而是以直接取代之方式呈現；
   但「에」、「에서」、「에게」等助詞在與「(이)나」一同使用時，除了在
   最後一個名詞後方，同時亦添加於前方名詞與「(이)나」之間。

   - 방학 때 유럽에나 미국에 갈 겁니다.
     放假時會去歐洲或是美國。

   - 공부는 도서관에서나 독서실에서 해요.
     讀書是在圖書館或是在讀書室進行。

   - 질문이 있으면 선생님에게나 반장에게 물어 보세요.
     有疑問的話請向老師或向班長詢問。

A2-5 (이)고

功　　能：列舉兩個以上之名詞，且同時皆被選擇、包含。

中文翻譯：不管是……還是……都、無論……還是……都

文法屬性：接續助詞。

結合用例：

最後一字「有」收尾音	학생	학생이고
最後一字「無」收尾音	학교	학교고

用　　法：

1. 列舉出兩個以上之名詞，同時後方以列舉出之所有名詞為對象，並加以敘述；即所列舉之所有名詞皆包含在後方敘述內。

   - 친구고 가족이고 저를 도와줄 수 있는 사람이 아무도 없어요.
     不管是朋友還是家人，能幫助我的人一個人都沒有。

   - 슬픔이고 기쁨이고 다 느끼지 못해요.
     無論悲傷還是喜悅，全都無法感受到。

2. 利用「(이)고」所列舉出之項目，並非毫無經過選擇地提出；相反地，往往是互相呈對比關係，或是在性質上相反、差異較大之項目。此時為藉列舉出在性質上呈現兩極之名詞，強調「皆是」、「廣泛地」之意。

   - 선생님이고 반 친구고 모두 그를 싫어해요.
     不管是老師還是班上同學，大家都討厭他。

     （「선생님」（老師）通常立場中立，「친구」（朋友）之間則通常關係較為密切，是在性質上呈現兩極之兩個名詞，此時強調「每個人皆討厭他」。）

- 그녀는 밤이고 낮이고 간에 전화를 해요.

  她不分晚上還是白天都在電話。

  （「밤」（晚上）與「낮」（白天）兩項目互相呈對比關係，此時強調「無時無刻」。）

3. 由於所列舉出之名詞皆包含在內，因此「(이)고」亦常與具備「全部」含義之詞彙、表現一同使用。

- 연애고 직장이고 다 망할 것 같네.

  不管是戀愛還是工作，好像全都要搞砸了呢。

  （利用「다」（全部）一副詞進行敘述，表示將前方列舉之名詞涵括其中。）

- 어른이고 아이고 이 노래를 모르는 사람이 없습니다.

  無論大人還是小孩，沒有不知道這首歌的人。

  （利用「雙重否定」之表現進行描述，表示毫無任一例外。）

  具備「全部、都」含義之詞彙中，常見的有：「다」（全）、「전부」（全部）、「모두」（所有）、「죄다」（都）。

A2-6 (이)며

功　　能：列舉兩個以上之名詞，同時為後方敘述舉出實例。

中文翻譯：……等、╳

文法屬性：接續助詞。

結合用例：

最後一字「有」收尾音	학생	학생이며
最後一字「無」收尾音	학교	학교며

用　　法：

1. 列舉出兩個以上之名詞為例，並加以敘述；此時這些名詞通常隸屬於相同類別。

   - 유학 갈 때 비자며 여권이며 신청해야 할 것이 많아요.
     去留學的時候，簽證、護照等，要申請的東西很多。

     （「비자」（簽證）和「여권」（護照）兩名詞在此時皆是出國留學必備之物，屬於同一種類。）

   - 꽃사슴이며 흑곰이며 동물원에서 대만 특유의 동물을 볼 수 있어요.
     可以在動物園裡看到梅花鹿、黑熊等臺灣特有的動物。

     （「꽃사슴」（梅花鹿）和「흑곰」（黑熊）兩名詞皆是動物，隸屬於相同類別。）

2. 利用「(이)며」所列舉出之項目，通常雖僅是在一領域、集合，或是多樣項目中之一小部分，但通常仍會以較具代表性之選項作呈現。

- 이 식당에서 한우며 게장이며 다 무제한으로 제공하고 있습니다.

  在這間餐廳裡，韓牛、醬螃蟹皆是無限供應中。

  （「한우」（韓牛）、「게장」（醬螃蟹）皆屬韓式料理，此時視兩項目為較具代表性之菜餚。）

- 방에는 양말이며 장난감이며 죄다 흩어져 있네.

  在房間裡，襪子和玩具都散落（在各處）著呢。

  （「양말」（襪子）、「장난감」（玩具）皆為存在於房間之物，此時視兩項目為較具代表性，或印象較為深刻之物。）

3. 在針對後方敘述舉例時，若欲強調尚有多樣其他未能提及之名詞，則可在列舉名詞之後方加上「뭐며」；其中，「뭐며」是由「뭐」（什麼）一詞彙與「(이)며」結合而成。

- 우리 누나는 성격이며 외모며 목소리며 뭐며 모두 완벽해요.

  我姊姊的個性、外表、聲音等全都很完美。

- 한국인한테 아주 흔한 음식인 떡볶이며 순대며 뭐며 다 팝니다.

  對韓國人來說很常見的食物的辣炒年糕、豬血腸等都有賣。

A3 | 方向與對象

A3-1 에²

功　　能：表示前文為動作之目的地、作用處。

中文翻譯：到……、在……、✕

文法屬性：副詞格助詞。

結合用例：

最後一字「有」收尾音	시청	시청에
最後一字「無」收尾音	학교	학교에

用　　法：

1. 表示動作之目的地，通常與移動動詞搭配使用。

- 여동생은 방금 학원에 도착했어요.
  妹妹剛才到補習班了。

- 학교에 다녀오겠습니다.
  我要去一趟學校囉。

> 📖 常用之移動動詞有：「가다」（去）、「오다」（來）、「다니다」（往返）、「다녀오다」（去一趟回來）、「들어가다」（進去）、「올라오다」（上來）、「내려가다」（下去）、「나오다」（出來）、「도착하다」（到達）。

2. 表示動作之作用處、接觸點，或動作之終止處；常與需要「終止點」之特定動詞一同使用。

- 각자의 이름 스티커를 교과서 표지에 붙이세요.
  請將各自的姓名貼紙貼在課本封面上。

  （表示「교과서 표지」（教科書封面）為「붙이다」（黏貼）一動作之作用處、終止點。）

- 양복은 옷걸이에 걸어야 합니다.
  西裝必須掛在衣架上。

  （表示「옷걸이」（衣架）為「걸다」（掛）一動作之接觸點、終止點。）

> 📖 需要「終止點」之動詞，常見的有：「놓다」（放下）、「넣다」（放入）、「앉다」（坐）、「묻다」（沾黏）、「걸다」（掛）、「서다」（站）、「달다」（懸掛）、「두다」（放置）、「붙이다」（黏貼）、「눕다」（躺）。

延伸補充：

1. 在與移動動詞一起使用時，由於「에」表示動作之「目的地」，而非「方向」，因此不與不具明確位置之方位名詞一同使用。

- 오른쪽으로 가시면 우체국이 보입니다.
  往右走的話可以看到郵局。

  （「오른쪽」（右方）並非表示明確之位置，屬較為籠統之方位；因此在配合「가다」（去）一動作時，使用表「方向」之「(으)로」作為助詞才符合文意。）

- 두통 증상이 심해서 병원에 갔다 왔어요.
  因為頭痛症狀太過嚴重，所以去了一趟醫院。

  （「병원」（醫院）為位置明確之地點，此時配合「갔다 오다」（去一趟）一動作，使用表「目的地」之「에」作為助詞以符合文意。）

2. 部分動詞因本身動作的特性，與助詞之結合情形較為特殊；此時隨著搭配使用助詞的不同，在語感上呈現有些微之差。

- 통학하기 싫어서 기숙사에 살아요.
  因為討厭通勤上學而住在宿舍。

  （「살다」（居住）一動作在與助詞「에」搭配使用時，表示「기숙사」（宿舍）為該動作之「著落處」，即居住、棲身於宿舍；具「終止點」之意義。）

- 여유로운 생활을 즐기고 싶어서 시골에서 살고 있어요.
  因為想要享受悠閒的生活，所以在鄉下生活著。

  （「살다」（生活）一動作在與助詞「에서」搭配使用時，表示「시골」（鄉下）為該動作之「進行場所、空間」，即在鄉下生活、過日子；具「動態感」之特性。）

3. 作為衍伸之意義，「에」可另外表示角色地位、職位；此時可將位於「에」前方之角色地位、職位視為一「地點、目的地」，並常與選舉、任命相關之詞彙搭配使用。

- 1번 후보자가 역사상 가장 적은 표차로 서울특별시장에 당선됐습니다.
  1號候選人以歷史上最小之票差當選首爾特別市長。

- 제임스가 학생회장에 뽑혔어요.
  詹姆士被選為了學生會長。

  > 📖 與選舉、任命相關之詞彙，常見的有：「당선되다」（當選）、「선출되다」（被選出）、「임명되다」（被任命）、「뽑히다」（被選）。

助詞結合實例：

1. 에 + 도

  • 설 연휴 동안 한국에도 가고 일본에도 갔어요.
    農曆新年連假期間，去了韓國也去了日本。

2. 에 + (이)나

  • 저놈이 아무 곳에나 가래를 뱉어요.
    那傢伙隨地吐痰。

A3-2 (으)로[1]

功　　能： 表示前文為動作進行之方向。

中文翻譯： 往……、朝……

文法屬性： 副詞格助詞。

結合用例：

最後一字「有」收尾音	시청	시청으로
最後一字收尾音為「ㄹ」	교실	교실로
最後一字「無」收尾音	학교	학교로

用　　法：

1. 表示動作進行之方向。此時並非表示位於「(으)로」前方之名詞為目的地、動作停止之終點，僅作為標示朝向該名詞方向進行某動作之功能。

   - 택시 아저씨, 타이베이 기차역으로 가 주세요.
     計程車大叔，請（開）往臺北車站。

     （此時並非將「타이베이 기차역」（臺北車站）視為目的地、下車之處，話者有可能僅是將其視為顯著地標，藉以讓計程車司機更為清楚方向。）

   - 연휴의 마지막 날이라 서울로 올라오는 사람이 많아요.
     因為是連假的最後一天，所以（北）上來首爾的人很多。

     （此時並非將「서울」（首爾）視為目的地、終點，而是將焦點置於敘述「朝向首爾前進」一事。）

2. 由於涉及方向之概念，因此除了方向意義明確之移動動詞之外，「(으)로」亦常與具「方向性」意義之動詞一同使用。

- 이 소포를 미국으로 보내고 싶습니다.
  想將這個包裹寄往美國。

- 철새는 북쪽으로 날아가고 있네요.
  候鳥正朝著北方飛去呢。

  📖 具「方向性」意義之動詞，常見的有：「보내다」（寄送）、「날아가다」（飛去）、「뛰어가다」（跑去）、「걸어오다」（走來）、「달려오다」（跑來）、「움직이다」（移動）、「돌아가다」（轉彎）。

3. 由於並非表示目的地，因此僅作為表示方向之「(으)로」亦常與不具精確、明確位置之方位名詞搭配使用。

- 저 사거리에서 오른쪽으로 가면 됩니다.
  在那個十字路口往右走就可以了。

- 도움이 필요한 사람, 이쪽으로 오세요.
  需要協助的人請往這邊來。

  📖 不具精準、明確位置之方位名詞，有：「이쪽」（這個方向）、「그쪽」（那個方向）、「저쪽」（那個方向）、「앞」（前方）、「뒤」（後方）、「옆」（旁側）、「아래」（下方）、「북쪽」（北方）等詞彙。

延伸補充：

1. 「(으)로」亦可與具「轉變」意義之詞彙搭配使用，此時則用於表示轉變、轉換之方向與過程；而位於「(으)로」前方之名詞則為轉變、轉換後之結果。

- 이 만 원짜리를 천 원짜리로 바꿔 주시면 안 될까요?
  可以幫我把這萬元（鈔票）換成千元（鈔票）嗎？

- 내일의 기온이 영하 10도로 떨어지겠습니다.
  明天的氣溫會驟降至零下 10 度。。

> 📖 具有「轉變」意義之動詞，常見的有：「바꾸다」（替換）、「바뀌다」（改變）、「변하다」（改變）、「변신하다」（變身）、「떨어지다」（下降）、「올라가다」（上升）、「되다」（成為）、「돌아가다」（返回）、「갈아입다」（換穿）、「갈아타다」（換乘）。

2. 若「(으)로」前方加上與時間相關之名詞時，則表示計算時間時的界線；惟此時須依照文意來判斷其含義為「至該時間為止」或「自該時間之後」。

- 기말고사는 오늘로 끝이에요.
  期末考試到今天結束。

  （依照句中之「끝」（結束）來看，可得知「(으)로」在此的含義為「至該時間為止」。）

- 나는 너를 만난 이후로 가치관이 확 바뀌었어.
  我自從遇到你以後，（我的）價值觀變了很多。

  （依照句中之「이후」（以後）來看，可得知「(으)로」在此的含義為「自該時間之後」。）

3. 「(으)로」可另與特定詞彙一同使用，或依據前後句之脈絡，具備表示「決定、選擇之結果」的功能。

- 이 옷이 괜찮으니까 이것으로 할게요.
  這衣服不錯，就要這個了。

- 시험 시작 시간은 10시로 하는 게 어때요?
  考試開始時間（就）決定是 10 點如何？

  除了具「當作、作為」意義之動詞「하다」之外，尚有「정하다」（訂定）、「결정하다」（決定）、「선택하다」（選擇）等詞彙，可依據文意適當地選擇使用。

A3-3 에서²

功　　能：表示前文為動作、事情之出發、起始處，或來源、出處。

中文翻譯：從……、自……

文法屬性：副詞格助詞。

結合用例：

最後一字「有」收尾音	시청	시청에서
最後一字「無」收尾音	학교	학교에서

用　　法：

1. 表示動作進行之出發點，常與移動動詞，以及需要「出發點」之特定動詞一同使用。

- 저는 대만에서 왔습니다.
  我來自臺灣。

- 드디어 공무원 시험 지옥에서 탈출했어요.
  終於從公務員考試地獄逃脫了出來。

> 📖 涉及「出發點」概念之特定動詞有：「오다」（來）、「나오다」（出來）、「나가다」（出去）、「출발하다」（出發）、「시작하다」（開始）、「벗어나다」（脫離）、「탈출하다」（逃脫）、「떠나다」（離開）。

2. 表示句中所敘述事物之來源、出處，常與需要「來源」之特定動詞一同使用。

- 이 과자는 일본에서 수입된 거예요.
  這餅乾是自日本進口的。

  （「과자」（餅乾）之來源、產地為「일본」（日本）。）

- 그 국회의원은 대기업에서 뇌물을 받았어요.
  那位國會議員從大企業（那裡）收受了賄賂。

  （「뇌물」（賄物）之出處、來源為「대기업」（大企業）。）

  > 需要「來源」之動詞，常見的有：「받다」（接受）、「수입되다」（輸入）、「가져오다」（帶來）、「인용하다」（引用）、「전래되다」（傳入）、「유래되다」（來自）、「전해지다」（傳入）。

3. 表示範圍、區間之起始，或與某基準點之間的距離；此時常與可表示「地點」之名詞搭配使用。

- 집에서 학교까지 시간이 얼마나 걸립니까?
  從家裡到學校花費多少時間呢？

  （可與表示範圍終點之助詞「까지」一同使用，用來標示更具體、清楚之區間。）

- 회사가 집에서 멀어서 통근 시간이 긴 편이에요.
  因為公司離家裡遠，因此通勤時間算是長的。

  （將「집」（家）當作進行「公司很遠」一敘述之基準點。）

4. 在實際使用時，有時會將「에」予以省略，作「서」。

- 이 바퀴벌레가 도대체 어디서 나온 거야?
  這隻蟑螂到底是從哪裡（跑）出來的啊？

- 너 지금 어디서 오는 길이야?
  你現在是在從哪裡來的路上？

延伸補充：

1. 除了實體地點、實際存在之來源之外，「에서」亦可與涉及「內心、思想」層面等較為抽象之名詞搭配使用；此時表示句中所敍內容之來源、出處、情況。

   - 이것은 고마운 마음에서 드리는 말씀입니다.
     這是出於感激之情而説的話。

     （表示「말씀을 드리다」（說話）一動作進行之目的、意義，是源自於「고마운 마음」（感激之心）。）

   - 오늘은 부장님의 승진을 축복하는 의미에서 술이나 한잔합시다.
     今天為了慶祝部長升職，喝一杯吧。

     （表示「한잔하다」（喝一杯）一動作進行之目的、緣由，是出自於「부장님의 승진을 축복하다」（祝賀部長的晉升）。）

助詞結合實例：

1. 에서 + 은/는

   - 현재 한강에서는 불꽃 축제가 한창입니다.
     現在漢江煙火節正在如火如荼地進行。

2. 에서 + 부터

   - 부부 싸움은 항상 아이 문제에서부터 시작돼요.
     夫妻吵架總是從孩子的問題開始。

A3-4 에게

功　　能：表示前文為受行為作用之對象，或動作、事物之出處。

中文翻譯：對……、給……、從……

文法屬性：副詞格助詞。

結合用例：

最後一字「有」收尾音	학생	학생에게
最後一字「無」收尾音	친구	친구에게

用　　法：

1. 表示受到行為之作用、影響，或是接收話語、資訊、事物之對象；在任何時候，位於「에게」前方之名詞須為有情名詞，即包含人在內之動物。

- 조카에게 생일 선물로 피규어를 줬어요.
  作為生日禮物，送了姪子玩具公仔。

  （「조카」（姪子）為受「주다」（給）一行為作用之對象，同時為「피규어」（玩具公仔）之收受者。）

- 면접관들이 수험자에게 몇 가지 질문을 했습니다.
  面試官們向考生問了幾道問題。

  （「수험자」（考生）為接收「질문」（提問）一話語、資訊之對象。）

> 📖 搭配使用於此用法之詞彙，常見的有：「주다」（給）、「전달하다」（傳達）、「전하다」（轉交）、「선물하다」（送禮）、「전화하다」（打電話）、「보이다」（呈現）、「알리다」（告知）、「말하다」（說）、「묻다」（問）、「질문하다」（提問）、「가르치다」（教）、「빌려주다」（借出）、「물려주다」（傳承）、「부탁하다」（請託）。

2. 表示動作、事物之出處、來源。

- 언니에게 참 많이 배웠어요.
  從姊姊（那裡）真的學到了很多。

  （「언니」（姊姊）為「배우다」（學習）一動作之出處。）

- 이 소식은 친구에게 들은 거예요.
  這個消息是從朋友（那裡）聽到的。

  （「친구」（朋友）為「소식」（消息）一事物之來源。）

  > 搭配使用於此用法之詞彙，常見的有：「받다」（接收）、「듣다」（聽）、「배우다」（學習）、「빌리다」（借入）、「당하다」（遭受）、「물려받다」（繼承）、「얻다」（獲得）、「넘겨받다」（接收）。

3. 在與「저」（我）、「나」（我）、「너」（你）結合使用時，可另作「제게」、「내개」、「네게」，此為經縮略後之形態。

- 제게 마음을 좀 열어 주세요.
  請為我敞開（你的）心。

- 왜 내가 네게 이런 말도 안 되는 소리를 들어야 하니?
  為什麼我要聽你說這種無稽之談呢？

延伸補充：

1. 「에게」另可用以表示情感、事件、事物所對應之對象或所屬。

- 걔가 너에게 관심 있는 것 같아.
  他好像對你有興趣。

  （「너」（你）為「관심」（關心）一情感所對應之對象。）

- 너에게 안 좋은 일이 생겼어?

  你發生了不好的事情嗎？

  （「너」（你）為「안 좋은 일이 생기다」（發生不好的事情）一事件之所屬者。）

- 모든 책임은 저에게 있으니 다른 사람을 탓하지 마십시오.

  全部的責任都在我，請不要怪罪其他人。

  （「저」（我）為「책임」（責任）一事物所對應之對象。）

2. 表示動作之到達點，此時將有情名詞位於之處視為目的地，通常與移動動詞搭配使用。

- 나에게 다가오지 마!

  不要靠近我！

- 일이 해결되지 않는다면 과장님에게 가 봐요.

  事情如果解決不了的話，去（找）課長看看。

3. 在「被動文」中，位於「에게」前方之名詞為動作之實際行為者；而在「使動文」中，位於「에게」前方之名詞則為使役行為之接受者。

- 드디어 도둑이 경찰에게 잡혔어요.

  小偷終於被警察抓住了。

  （在被動文中，動作、行為之實際行為者並非位於主格助詞「이/가」前方之「도둑」（盜賊），而是位於副詞格助詞「에게」前方之「경찰」（警察）。）

- 남동생이 강아지에게 갈비를 먹였어요.

  弟弟給小狗吃了排骨。

  （在使動文中，利用「에게」表示受到役使之對象。）

4. 「에게」亦可用於單純地將描述限制、僅限於某對象，對應至中文的「對……來說」。

- 엄마에게 이 옷은 너무 큰 것 같아요.
  對媽媽來說，這件衣服好像太大了。

- 정치인에게 선거만큼 중요한 것은 없어요.
  對政治人物來說，沒有什麼東西是比選舉更重要的。

助詞結合實例：

1. 에게 + 은/는

- 크리스마스 때 회사 동료에게는 만년필을 주고, 친구에게는 향수를 줘요.
  聖誕節的時候送公司同事（的是）鋼筆，送朋友（的）則是香水。

2. 에게 + 까지

- 나에게까지 이러는 이유가 뭐야?
  對我這樣子做的理由到底是什麼？

A3-5 한테

功　　能：表示前文為受行為作用之對象，或動作、事物之出處。

中文翻譯：跟……、給……、從……

文法屬性：副詞格助詞。

結合用例：

最後一字「有」收尾音	학생	학생한테
最後一字「無」收尾音	친구	친구한테

用　　法：

1. 表示受到行為之作用、影響，或是接收話語、資訊、事物之對象；在任何時候，位於「**한테**」前方之名詞須為有情名詞，即包含人在內之動物。

- 여자친구한테 크리스마스 선물로 목도리를 줬어요.
  送了圍巾給女朋友作為聖誕節禮物。

  （「여자친구」（女朋友）為受「주다」（給）一行為作用之對象，同時為「목도리」（圍巾）之收受者。）

- 고민은 주변 사람한테 말해야 속이 편해져요.
  苦惱要跟周圍的人說，心裡才會變得舒坦。

  （「주변 사람」（周邊的人）為接收「고민」（苦惱）一事物之對象。）

> 📖 搭配使用於此用法之詞彙，常見的有：「주다」（給）、「전달하다」（傳達）、「전하다」（傳交）、「선물하다」（送禮）、「전화하다」（打電話）、「보이다」（呈現）、「알리다」（告知）、「말하다」（說）、「묻다」（問）、「질문하다」（提問）、「가르치다」（教）、「빌려주다」（借出）、「물려주다」（傳承）、「부탁하다」（請託）。

2. 表示動作、事物之出處、來源。

- 노래를 할아버지한테 배웠어요.
  跟爺爺學了（唱）歌。

  （「할아버지」（爺爺）為「배우다」（學習）一動作之出處。）

- 이 자전거는 형한테 받은 거예요.
  這腳踏車是從我哥哥（那裡）拿到的。

  （「형」（哥哥）為「자전거」（腳踏車）一事物之來源。）

> 📖 搭配使用於此用法之詞彙，常見的有：「받다」（接收）、「듣다」（聽）、「배우다」（學習）、「빌리다」（借入）、「당하다」（遭受）、「물려받다」（繼承）、「얻다」（獲得）、「넘겨받다」（接收）。

3. 在功能上與「에게」相同；惟「**한테**」屬較為口語之用法，通常不被用於書面撰寫、正式場合中。

- 그 사람한테 내 비밀을 애기했지?
  （你）跟那個人說了我的祕密吧？

- 시험을 잘 못 봐서 아버지한테 야단맞았어.
  因為考試考不好挨爸爸罵了。

延伸補充：

1. 「**한테**」另可用以表示情感、事件、事物所對應之對象或所屬。

- 나는 첫눈에 그녀한테 반했어.
  我第一眼就著迷於那個女生了（我對她一見鍾情）。

  （「그녀」（那個女生）為「반하다」（著迷）一情感所對應之對象。）

- 나한테 돈 좀 있어요.

  我還滿有錢的。

  （「나」（我）為「돈이 있다」（有錢）一事所對應之對象。）

- 결국 답은 언제나 나한테 있구나.

  終究答案（還是）總在我（身上）呢。

  （「나」（我）為「답」（答案）一事物所對應之對象。）

2. 表示動作之到達點，此時將有情名詞位於之處視為目的地，通常與移動動詞搭配使用。

- 지금 너한테 달려가고 있으니 조금만 기다려 줘.

  現在正朝你飛奔而去，再等我一下。

- 어떻게 하면 우리 아들한테 더 가까지 다가갈 수 있을까?

  要怎麼做才能更親近我的兒子呢？

3. 在「被動文」中，位於「한테」前方之名詞為動作之實際行為者；而在「使動文」中，位於「한테」前方之名詞則為使役行為之接受者。

- 도둑이 경찰한테 쫓기고 있어요.

  小偷正被警察追趕著。

  （在被動文中，動作、行為之實際行為者並非位於主格助詞「이/가」前方之「도둑」（盜賊），而是位於副詞格助詞「한테」前方之「경찰」（警察）。）

- 점원이 손님한테 구두를 신겨 줬어요.

  店員幫客人穿上了皮鞋。

  （在使動文中，利用「한테」表示受到役使之對象。）

4. 「한테」亦可用於單純地將描述限制、僅限於某對象，對應至中文的「對……來說」。

- 학생들한테 제일 중요한 일은 공부예요.
  對學生們來說最重要的事情是讀書。

- 남의 인정을 못 받으면 나한테 아무 의미가 없어.
  無法獲得他人的認可的話，對我來說沒有任何意義。

助詞結合實例：

1. 한테 + 만

- 왜 나한테만 자꾸 이런 일이 일어나는 거지?
  為什麼總是只在我身上發生這種事呢？

2. 한테 + 도

- 이 향수는 남자 향수인데 여자들한테도 인기가 많아요.
  這香水雖然是男性香水，卻也很受女性們歡迎。

A3-6 에게서

功　　能：表示前文為動作、事物之出處。

中文翻譯：從……

文法屬性：副詞格助詞。

結合用例：

最後一字「有」收尾音	학생	학생에게서
最後一字「無」收尾音	친구	친구에게서

用　　法：

1. 表示動作、事物之出處、來源，此時亦可以助詞「에게」替代之。

- 사람들에게서 예쁘다는 말을 자주 들어요.
  常常聽到人們說（我很）漂亮。

  （「사람들」（人們）為「듣다」（聽）一動作之出處。）

- 새로 이사온 이웃에게서 떡을 받았어요.
  從新搬來的鄰居（那裡）收到了年糕。

  （「이웃」（鄰居）為「떡」（年糕）一事物之來源。）

  > 📖 搭配使用於此用法之詞彙，常見的有：「받다」（接收）、「듣다」（聽）、「배우다」（學習）、「빌리다」（借入）、「당하다」（遭受）、「물려받다」（繼承）、「얻다」（獲得）、「넘겨받다」（接收）。

2. 位於「에게서」前方之名詞須為有情名詞，即包含人在內之動物。

- 아버지에게서 엄청난 재산을 상속 받았어요.
  從父親（那裡）繼承了非常可觀的財產。

- 인간은 동물에게서 무엇을 배울 수 있을까?
  人類可以從動物（那裡）學習到什麼呢？

3. 在與「저」（我）、「나」（我）、「너」（你）結合使用時，常作「제게 서」、「내개서」、「네게서」，此為經縮略後之形態。

- 제게서 땀 냄새가 난다고요?
  （你）說從我身上散發出汗味嗎？

- 그런 말을 네게서 들을 줄 몰랐네.
  沒料到會從你（那裡）聽到那樣的話呢。

延伸補充：

1. 「에게서」亦可用以表示動作之出發點，此時將有情名詞位於之處視為出發地，通常與移動動詞搭配使用。

- 어머니에게서 온 편지입니다.
  是從母親（那裡）來的信。

- 나에게서 떠난 것을 후회했어?
  後悔離開我了嗎？

助詞結合實例：

1. 에게서 + 까지

- 모든 사람들에게서 빼앗은 자유, 이제 나에게서까지 뺏으려고?
  從所有人身上奪走的自由，現在甚至還要從我身上奪走嗎？

2. 에게서 + 도

- 누구에게서도 공감받지 못해 너무 외롭습니다.
  因為得不到任何人的共鳴，所以非常孤獨。

A3-7 한테서

功　　能：表示前文為動作、事物之出處。

中文翻譯：從……

文法屬性：副詞格助詞。

結合用例：

最後一字「有」收尾音	학생	학생한테서
最後一字「無」收尾音	친구	친구한테서

用　　法：

1. 表示動作、事物之出處、來源，此時亦可以助詞「**한테**」替代之。

- 돈이 모자라서 친구한테서 1000원을 빌렸어요.
  由於錢不夠，所以跟朋友借了 1000 元。

  （「친구」（朋友）為「빌리다」（借入）一動作之出處。）

- 선배한테서 새로운 회사 업무를 넘겨받았습니다.
  從前輩（那裡）接手了新的公司業務。

  （「선배」（前輩）為「회사 업무」（公司業務）一事物之來源。）

  > 搭配使用於此用法之詞彙，常見的有：「받다」（接收）、「듣다」（聽）、「배우다」（學習）、「빌리다」（借入）、「당하다」（遭受）、「물려받다」（繼承）、「얻다」（獲得）、「넘겨받다」（接收）。

2. 位於「한테서」前方之名詞須為有情名詞，即包含人在內之動物。

- 누구한테서 내 주소를 알아낸 거야?
  是從誰（那裡）打聽到我的地址的？

- 고양이한테서 사랑을 받는 법을 알아요?
  （你）知道（如何）獲得貓喜愛的方法嗎？

3. 在功能上與「에게서」相同；惟「한테서」屬較為口語之用法，通常不被用於書面撰寫、正式場合中。

- 이 못된 버릇들, 도대체 누구한테서 배웠어요?
  這些壞習慣，到底是從誰（那裡）學到的？

- 나도 누나한테서 이 소식을 들었어.
  我也從姊姊（那裡）聽到這個消息了。

延伸補充：

1. 「한테서」亦可用以表示動作之出發點，此時將有情名詞位於之處視為出發地，通常與移動動詞搭配使用。

- 이 말이 누구한테서 나왔지요?
  這話是從誰（那裡）來的呢？

- 나는 이제 그 사람한테서 벗어나고 싶어.
  我現在想要從那個人（身邊）逃離。

助詞結合實例：

1. 한테서 + 은/는

- 아버지한테서는 허락을 받기는 받았어요?
  從爸爸（那裡）得到允許了嗎？

2. 한테서 + 부터

- 나한테서부터 감기가 시작되어 온가족이 걸렸습니다.
  感冒從我開始，全家人都被傳染了。

A3-8 (으)로부터

功　能：表示前文為事物、動作之來源或出處。

中文翻譯：從……、自……

文法屬性：副詞格助詞，由「(으)로」與「부터」結合而成。

結合用例：

最後一字「有」收尾音	학생	학생으로부터
最後一字收尾音為「ㄹ」	서울	서울로부터
最後一字「無」收尾音	친구	친구로부터

用　法：

1. 表示句中所敘述事物、動作之來源、出處。

- 그는 밝은 성격을 가지고 있어 친구들로부터 사랑을 받아요.
  他因為擁有開朗的性格，所以得到（來自）朋友的喜愛。

  （「사랑」（喜愛）一事物之來源為「친구들」（朋友們）。）

- 드디어 죽음의 공포로부터 해방될 수 있었습니다.
  終於可以從死亡的恐怖中解脫了。

  （「해방되다」（解放）一動作之出處為「죽음의 공포」（死亡的恐怖）。）

> 📖 與來源、出處相關之動詞，常見的有：「오다」（來）、「벗어나다」（脫離）、「탈출하다」（逃脫）、「시작되다」（開始）、「비롯되다」（始於）、「받다」（接受）、「수입되다」（輸入）、「전래되다」（傳入）、「유래되다」（來自）、「전해지다」（傳入）、「물려받다」（繼承）、「해방되다」（解放）。

2. 位於「(으)로부터」前方之名詞，並未有是否須為有情、無情名詞之限制。

- 부모님으로부터 소포가 왔어요.
  從父母親（那裡）來了包裹。

  （「부모님」（父母親）為一有情名詞，即包含人在內之動物。）

- 이 사과는 일본으로부터 수입된 겁니다.
  這蘋果是自日本進口的。

  （「일본」（日本）為一無情名詞，即排除包含人在內之動物。）

3. 「(으)로부터」在大部分情形中屬較為書面、正式之用法，不常用於口語對話中。

- 바다로부터 불어오는 바람, 한번 느껴 봅시다.
  （我們來）感受一下自大海吹來的風吧。

- 이 모든 것은 당신으로부터 비롯된 것이 아닙니까?
  這一切不是都出自於你（自己）嗎？

延伸補充：

1. 「(으)로부터」可與部分時間名詞結合使用，此時表示「自……起」；同時，由於主要用於敘述過去之事件，因此與「지금」結合時則更常作為「距今……前」之含義。

- 그날로부터 참 오랜 시간이 흘렀구나.
  自那天起經過了好長的時間呢。

  （此時將「그날」（那天）視為敘述一事件時之時間起始點。）

- 우리의 인연은 지금으로부터 15년 전에 시작되었습니다.
  我們的緣分是從距今 15 年前開始的。

  （此時將「지금」（現在）視為計算時間之基準點。）

2. 可另表示範圍、區間之起始，或與某基準點之間的距離。

- 그 가수는 젊은이들로부터 노인에 이르기까지 모르는 사람이 없어요.

  那位歌手從年輕人到老人，沒有人不知道（他）。

  （可與表示範圍終點之「에 이르기까지」一同使用，用來標示具體、清楚之區間。）

- 저희 식당은 지하철역으로부터 가깝습니다.

  我們餐廳離地鐵站很近。

  （將「지하철역」（地鐵站）作為進行「餐廳很近」一敘述之基準點。）

A3-9 께

功　　能：表示前文為受行為作用之對象，或動作、事物之出處；同時表示尊敬。

中文翻譯：對……、給……、從……

文法屬性：副詞格助詞。

結合用例：

最後一字「有」收尾音	선생님	선생님께
最後一字「無」收尾音	아가씨	아가씨께

用　　法：

1. 表示受到行為之作用、影響，或是接收話語、資訊、事物之對象；在任何時候，位於「께」前方之名詞不可為事物，且是對於話者來說需要尊敬之對象。

- 이 사실을 대통령께 보고하겠습니다.
  會向大統領（總統）報告這個事實。

  （「대통령」（大統領）為受「보고하다」（報告）一行為作用之對象，同時為「사실」（事實）之接受者。）

- 이 자리에서 팬 여러분께 감사의 마음을 전해 드립니다.
  在這個場合向各位粉絲傳達感謝之心。

  （「팬 여러분」（各位粉絲）為接收「감사의 마음」（感謝之心）一事物之對象。）

> 📖 搭配使用於此用法之詞彙，常見的有：「드리다」（呈上）、「전달하다」（傳達）、「전하다」（傳交）、「선물하다」（送禮）、「전화하다」（打電話）、「보이다」（呈現）、「알리다」（告知）、「들리다」（使聽到）、「말하다」（說）、「보고하다」（報告）、「어쭈어보다」（詢問）、「부탁하다」（請託）。

2. 表示動作、事物之出處、來源。

- 아이고, 또 숙제를 안 해서 부모님께 야단맞았어?

  哎呀，又因為沒寫作業挨父母罵了嗎？

  （「부모님」（父母親）為「야단맞다」（挨罵）一動作之出處。）

- 교수님께 졸업 선물을 받았어요.

  從教授（那裡）收到了畢業禮物。

  （「교수님」（教授）為「졸업 선물」（畢業禮物）一事物之來源。）

  > 📖 搭配使用於此用法之詞彙，常見的有：「받다」（接收）、「듣다」（聽）、「배우다」（學習）、「빌리다」（借入）、「당하다」（遭受）、「물려받다」（繼承）、「얻다」（獲得）、「넘겨받다」（接收）。

3. 「께」涉及「客體尊敬」，即與「對方、受動作影響者」相關之尊敬，需要考量對方與話者之間的關係；若對於話者來說，對方是需給予尊敬、禮遇之對象，則以「께」取代「에게」或「한테」。

- 고등학교 선생님께 편지를 썼어요.

  給高中老師寫了信。

- 도와주신 분들께 어떻게 보답해야 할지 모르겠습니다.

  不知道該如何報答那些幫助過我的人。

> 📖 韓語中之尊敬可分為「相對尊敬」、「主體尊敬」、「客體尊敬」。「相對尊敬」是與聽者相關之敬語；「主體尊敬」是與主體、行為者相關之敬語；「客體尊敬」則是與對方、受行為影響者相關之敬語。其中，除需考量之對象有所差異之外，亦分別以不同的方式呈現。

延伸補充：

1. 「께」另可用以表示情感、事件、事物所對應之對象或所屬。

   - 왜요? 우리 부장님께 무슨 불만이라도 있어요?
     怎麼了？對我們部長有什麼不滿嗎？

     （「부장님」（我）為「불만」（不滿）一情感所對應之對象。）

   - 과장님께 요즘 무슨 변고가 일어났어요?
     課長最近發生什麼變故了嗎？

     （「과장님」（課長）為「변고가 일어나다」（發生變故）一事件所對應之對象。）

   - 결정 권한은 대표님께 있습니다.
     決定的權限在代表（那裡）。

     （「대표님」（代表）為「결정 권한」（決定的權限）一事物之所屬者。）

2. 表示動作之到達點，此時將有情名詞位於之處視為目的地，通常與移動動詞搭配使用。

   - 너는 작정하고 일부러 팀장님께 다가가는 거야?
     你是存心故意接近組長的嗎？

   - 성적에 대한 이의가 있으면 교수님께 가 보세요.
     如果對成績有異議的話，請去（找）教授看看。

3. 在「被動文」中，位於「께」前方之名詞為動作之實際行為者；而在「使動文」中，位於「께」前方之名詞則為使役行為之接受者。

- 나는 어제 수업 시간에 땡땡이치다가 선생님께 붙잡혔어.
  我昨天在上課時間逃課被老師抓住了。

  （在被動文中，動作、行為之實際行為者並非位於主格助詞「이/가」前方之「나」（我），而是位於副詞格助詞「께」前方之「선생님」（老師）。）

- 일단 지금까지 쓴 내용을 지도교수님께 보여 드렸어요.
  先把到現在為止寫的內容給指導教授看了。

  （在使動文中，利用「께」表示受到役使之對象。）

4. 「께」亦可用於單純地將描述限制、僅限於某對象，對應至中文的「對……來說」。

- 손님께 이 바지는 너무 큰 것 같아요.
  對顧客（您）來說，這件褲子好像太大了。

- 선생님께 부담을 드리려고 했던 것은 아닙니다.
  不是（刻意）想給老師增加負擔的。

助詞結合實例：

1. 께 + 도

- 이 사실은 부모님께도 말씀드렸어요?
  這個事實也告訴過父母了嗎？

2. 께 + 만

- 커피는 한 잔만 사서 교수님께만 드렸지요.
  因為只買了一杯咖啡，因此只給了教授。

A3-10 에³

功　　能：表示前文為受行為作用之對象。

中文翻譯：給……、對……

文法屬性：副詞格助詞。

結合用例：

最後一字「有」收尾音	건강	건강에
最後一字「無」收尾音	학교	학교에

用　　法：

1. 表示受到行為之作用、影響，或是接收話語、資訊、事物之對象；在任何時候，位於「에」前方之名詞須為無情名詞，即排除包含人在內之動物。

   - 확인하고 싶으면 직접 학교에 전화하는 게 어때요?
     想確認的話，不如直接打電話給學校如何？

     （「학교」（學校）為受「전화하다」（打電話）一行為作用之對象。）

   - 이제 와서 시든 꽃에 물을 주면 무슨 소용이 있겠어요?
     現在才給枯萎的花澆水有什麼用？

     （「꽃」（花）為接收「물」（水）一事物之對象。）

   > 📖 搭配使用於此用法之詞彙，常見的有：「주다」（給）、「전달하다」（傳達）、「전하다」（轉交）、「전화하다」（打電話）、「보이다」（呈現）、「알리다」（告知）、「말하다」（說）、「묻다」（問）、「빌려주다」（借出）、「끼치다」（造成）、「공개하다」（公開）。

2. 在與涉及表達立場、看法等之特定詞彙搭配使用時，則具「針對」之含義，此時對某事物表示、給予意見、看法。

- 난 그의 의견에 동의를 해요.
  我對他的意見表示同意。

- 간통죄 폐지에 반대하는 사람이 많았습니까?
  當時反對廢止通姦罪的人很多嗎？

  > 📖 涉及表達立場、看法之特定詞彙，常見的有：「동의하다」（同意）、「반대하다」（反對）、「찬성하다」（贊成）、「항의하다」（抗議）、「동조하다」（認同）、「공감하다」（贊同）。

延伸補充：

1. 另可用來表示「適用、適應」之對象、目標、環境，此時視位於「에」前方之名詞為標的，接著提出後方之敘述以符合、配合之。

- 유자차는 기침에 효과가 있습니다.
  柚子茶對（改善）咳嗽有效。

  （表示「유자차는 효과가 있다」（柚子茶有效）是適用、適應於「기침」（咳嗽）一症狀。）

- 화이트노이즈는 과연 집중에 도움이 될까?
  白噪音究竟對集中（注意力）有無幫助呢？

  （表示「화이트노이즈는 도움이 되다」（白噪音有幫助）是適用、適應於「집중」（集中）一目標。）

- 빠르게 변화하는 세상에 적응하려면 끊임없이 지식을 얻어야 합니다.
  想要適應變化快速的世界的話，需要不斷地獲取知識。

  （表示「빠르게 변화하는 세상」（變化快速的世界）是適應之目標環境。）

2. 由於「에」在定義、意義上較為抽象，因此亦同時廣泛使用於其他多種特定表現中；惟實際意義需仰賴該句中詞彙、前後文予以判斷，可將其視為慣用表現。

- 한국의 벚꽃의 아름다움에 반했어요.
  被韓國櫻花的美麗迷住了。

- 한국 문화에 대해서 좀 설명해 주시겠어요?
  可以針對韓國文化為我說明一下嗎？

- 우리 인사팀은 인적 자원에 관한 일을 담당하고 있습니다.
  我們人事部負責與人力資源相關的事情。

> 📖 另常與助詞「에」同時使用之慣用表現：「에 반하다」（迷戀）、「에 관련되다」（相關）、「에 관하다」（關於）、「에 의하다」（依據）、「에 대하다」（針對）、「에 성공하다」（成功）、「에 합격하다」（合格）、「에 유의하다」（留意）。

助詞結合實例：

1. 에 + 은/는

- 아파서 학교에 못 간다고? 학교에는 전화했어?
  你說因為生病而無法去學校？那打電話給學校了嗎？

2. 에 + 도

- 인삼은 체력 회복에도 도움이 된다고 합니다.
  據說人蔘對恢復體力也有幫助。

A3-11 에다가

功　　能：表示著落處、對象、添加之強調用法。

中文翻譯：對……、在……、給……

文法屬性：副詞格助詞，由「에」與「다가」結合而成。

結合用例：

最後一字「有」收尾音	책상	책상에다가
最後一字「無」收尾音	학교	학교에다가

用　　法：

1. 表示動作之著落處、接觸點，或動作之終止處；常與需要「終止點」之特定動詞一同使用。

- 그 상자를 여기에다가 놓으면 돼요.
  把那箱子放在這裡就可以了。

  （「에다가」在與「어디」（何處）、「여기」（這裡）、「거기」（那裡）、「저기」（那裡）結合時可將「에」省略，作「어디다가」、「여기다가」、「거기다가」、「저기다가」。）

- 이 신청서에다가 서명해 주시겠어요?
  可以在這申請書上簽名嗎？

  （其中，「에다가」不與「앉다」（坐）、「눕다」（躺）、「서다」（站）搭配使用。）

2. 表示受到行為之作用、影響，或是接收話語、資訊、事物之對象；此時，位於「에다가」前方之名詞須為無情名詞，即排除包含人在內之動物。

- 긴급 상황 시에는 110에다가 전화를 걸으십시오.
  在緊急狀況時，請撥電話給 110。

- 사직서를 회사에다가 제출하였어요.
  （把）辭呈提交給公司了。

3. 基本上可以「에」替代之；惟「에다가」在語感上較為強烈、強調，且常用於口語中，通常不被用於書面撰寫、正式場合。

- 이 상자를 창고에다가 두면 되지?
  這箱子放在倉庫就可以了吧？

- 봉투에다가 우표를 붙이세요.
  請在信封上貼上郵票。

延伸補充：

1. 作為衍伸含義，「에다가」亦可表示「添加」；即在「에다가」前方之名詞上再加上另一名詞，用來表示數量、程度上之增添。

- 2에다가 3을 더하면 5가 돼요.
  2 加上 3 等於 5。

  （單純表示數量、數字上的添加。）

- 오늘은 발표가 있어 양복에다가 넥타이까지 매야 해요.
  因為今天有上台發表，除了（要穿）西裝，甚至還要繫上領帶。

  （此時添加另一名詞於名詞後方，用來強調在事物、程度上之增添。）

2. 在實際使用時，有時會將「가」予以省略，作「에다」。

- 국에다 밥을 말아 먹었어요.
  將飯泡在湯裡吃了。

- 그녀의 귀에다 뭐라고 소곤소곤하자 그녀는 깜짝 놀랐어.
  對著她耳朵竊竊私語了什麼後，她就嚇了一大跳。

A3-12 보고

功　　能：表示前文為接收話語之對象。

中文翻譯：對……、跟……、✕

文法屬性：副詞格助詞。

結合用例：

最後一字「有」收尾音	학생	학생보고
最後一字「無」收尾音	제자	제자보고

用　　法：

1. 表示接收話語之對象；若句中包含話語之內容，則常與間接引用文搭配使用。

   - 누가 너보고 그 얘기를 한 거야?
     是誰跟你說那件事的？
     （單純表示「너」（你）為接收話語之對象。）

   - 선생님이 나보고 똑똑하다고 하셨어요.
     老師（對我）說我很聰明。
     （「나」（我）為接收話語之對象，此時引用之部分為「陳述句」。）

   - 지금 누구보고 나가라고 하는 거야?
     （你）現在是在叫誰出去啊？
     （「누구」（誰）為接收話語之對象，此時引用之部分為「命令句」。）

> 📖 韓語中的間接引用文，用來將話語、想法、文章內容等訊息傳達給對方，且隨著傳達內容種類之不同，用法亦有所差異。陳述句以「-는/ㄴ다고 하다」，疑問句以「-냐고 하다」，命令句以「-(으)라고 하다」，共動句以「-자고 하다」之形態呈現；其中，另可根據傳達內容種類之不同，分別將「하다」（說）置換成其他動詞。

2. 由於在使用時常涉及話語之傳達，位於「보고」前方之名詞通常為人。

- 제임스가 나보고 비가 온다고 했어요.
  詹姆士跟我說了在下雨。

- 남동생보고 집에 오는 길에 우유를 사 오라고 했어.
  叫了弟弟在回家的路上買牛奶回來。

3. 在功能上僅部分與「한테」相同；常頻繁地用於口語中，且不被用於書面撰寫、正式場合。同時，位於「보고」前方之人通常為不需要尊敬之對象。

- 걔보고 언제 돈을 갚을 건지 물어 봐.
  （去）問問他什麼時候要還錢。

- 지금 누구보고 바보래?
  （你）現在是在說誰是笨蛋啊？

助詞結合實例：

1. 보고 + 은/는

- 어유, 그놈도 제 코가 석 자인데 우리보고는 조심하라고?
  哎喲，那傢伙自己都自顧不暇了，還叫我們要小心？

2. 보고 + 만

- 왜 저보고만 안 된다고 하세요?
  為什麼只跟我（一個人）說不行呢？

A3-13 더러

功　　能：表示前文為接收話語之對象。

中文翻譯：對……、跟……、╳

文法屬性：副詞格助詞。

結合用例：

最後一字「有」收尾音	학생	학생더러
最後一字「無」收尾音	제자	제자더러

用　　法：

1. 表示接收話語之對象；若句中包含話語之內容，則常與間接引用文搭配使用。

   - 그건 내가 잘 모르니까 네 오빠더러 물어봐.
     那個我不太清楚，去問問看你哥哥。

     （單純表示「네 오빠」（你的哥哥）為接收話語之對象。）

   - 그 여자가 나더러 누구냐고 물었어요.
     那個女生問我是誰。

     （「나」（我）為接收話語之對象，此時引用之部分為「疑問句」。）

   - 내가 남자친구더러 만나자고 했어요.
     我跟男朋友說了要見面。

     （「남자친구」（男朋友）為接收話語之對象，此時引用之部分為「共動句」。）

> 韓語中的間接引用文，用來將話語、想法、文章內容等訊息傳達給對方，且隨著傳達內容種類之不同，用法亦有所差異。陳述句以「－는/ㄴ다고 하다」，疑問句以「－냐고 하다」，命令句以「－(으)라고 하다」，共動句以「－자고 하다」之形態呈現；其中，另可根據傳達內容種類之不同，分別將「하다」（說）置換成其他動詞。

2. 由於在使用時常涉及話語之傳達，位於「더러」前方之名詞通常為人。

- 오랜만에 만난 친구가 나더러 살이 쪘다고 했네.
  好久沒見到的朋友說我變胖了呢。

- 엄마가 너더러 숙제하라고 했어?
  媽媽叫你寫作業了嗎？

3. 在功能上僅部分與「한테」相同；常頻繁地用於口語中，且不被用於書面撰寫、正式場合。同時，位於「더러」前方之人通常不為需要尊敬之對象。

- 누구더러 큰 소리냐?
  是在對誰大（小）聲啊？

- 말도 안 돼. 친구가 나더러 꺼지래.
  真是不敢相信，朋友（居然）叫我滾開。

延伸補充：

1. 在「使動文」中，位於「더러」前方之名詞則為使役行為之接受者。

- 또 아들더러 심부름을 시켰어?
  又讓兒子跑腿了？

- 조교더러 학생 명부를 가져오게 했어요.
  讓助教把學生名冊拿來了。

2. 在實際使用時，「더러」有更常被使用於負面情況、情緒中之傾向。

- 우리 과장님이 자기가 일을 벌여 놓고 나중엔 그걸 나더러 하라는 거야.

  我們課長自己把事情鬧大，後來才（推給我）叫我（自己）做。

- 아니, 지금 누구더러 잘못했다는 거야?

  不會吧？現在是在說誰做錯了啊？

3. 在與「저」（我）、「나」（我）、「너」（你）結合使用時，常添加收尾音「ㄹ」於下方，作「절더러」、「날더러」、「널더러」。

- 날더러 과거를 잊으라고?

  叫我忘掉過去？

- 그 사람이 널더러 뭐라고 했어?

  那個人對你說了什麼？

A4 | 其他

A4-1 (으)로²

功　　能：表示前文為所使用之方法、工具、材料，或具備之資格。

中文翻譯：用……、以……、透過……

文法屬性：副詞格助詞。

結合用例：

最後一字「有」收尾音	학생	학생으로
最後一字收尾音為「ㄹ」	찹쌀	찹쌀로
最後一字「無」收尾音	나무	나무로

用　　法：

1. 表示動作進行之方法，或達成目的之手段。

- 부정행위로 점수를 얻는 건 엄마 내가 원하지 않아.
  （你）利用作弊行為獲得成績（這件事），媽媽我不希望這樣。

  （表示「부정행위」（不正行為）為達成「점수를 얻다」（獲得成績）
  一目的之手段。）

- 너 항상 이런 식으로 일을 처리하는 거야?
  你一直都是用這種方式處理事情的嗎？

  （表示「이런 식」（這種方式）為進行「일을 처리하다」（處理事情）
  一動作之方法。）

2. 表示動作進行時所使用之工具、媒介。

- 가위로 고기를 잘라 먹으면 먹기가 편해져요.
  用剪刀剪肉來吃的話會變得容易入口。

- 이 통계 수치들이 좀 복잡한데 혹시 그래프로 설명해 주실 수 있어요?
  這些統計數據有點複雜，可以用圖表（的方式）為我說明嗎？

3. 表示物品製作時所使用之原料、材料。

- 인절미는 찹쌀, 콩가루로 만든 떡입니다.
  黃豆粉年糕是用糯米、黃豆粉製成的年糕。

- 이번에는 스테인리스강으로 핸드폰 테두리를 제조해 봤습니다.
  這次嘗試用不鏽鋼製造了手機的邊框。

4. 表示對應於句中動作、情況時所具備之資格、身分。

- 막내딸로 태어난 우리 와이프가 많은 사랑을 받아 왔어요.
  生為小女兒的我的妻子，一直以來收到了非常多的關愛。

  （表示「막내딸」（小女兒）為「태어나다」（出生）一情況所對應之資格；句中之主體仍為「우리 와이프」（我的妻子）。）

- 저는 회사 대표로 회의에 참석할 겁니다.
  我會以公司代表的身分出席會議的。

  （表示「회사 대표」（公司代表）為「참석하다」（出席）一動作所對應之身分；句中之主體仍為「저」（我）。）

5. 「이것」（這個）、「그것」（那個）、「저것」（那個）在與「(으)로」結合作「이것으로」、「그것으로」、「저것으로」時，口語中常將其縮略後，分別唸作「이걸로」、「그걸로」、「저걸로」。

延伸補充：

1. 另可用來表示途徑；即位於「(으)로」前方之名詞，為前往目的地途中所經由之路徑、地點。

- 이 지름길로 가면 금방 도착할 수 있어요.
  沿著這條捷徑走，很快就能到達。
  （此時「지름길」（捷徑）並非目的地，僅為前往目的地途中所經過之路徑。）

- 서울로 환승해서 미국으로 가는 항공편입니다.
  是經由首爾轉機前往美國的航班。
  （此時「서울」（首爾）並非終點，僅為前往目的地途中所經過之地。）

2. 「(으)로」亦具使前後文內容得以連貫之功能，在此扮演著連結語意、使文意通順的角色。

- 밥은 쌀을 재료로 하여 짓는 것으로 한국의 가장 기본적인 음식입니다.
  飯是以米為材料製作的，是韓國最基本的食物。

- 전주는 전통 분위기가 매력적인 도시로 외국인한테 인기가 많아요.
  全州是個傳統氛圍很有魅力的都市，很受外國人歡迎。

助詞結合實例：

1. (으)로 + 도

   - 문자 메시지로도 예약을 취소하실 수 있습니다.
     也可利用簡訊取消預約。

2. (으)로 + 만

   - 이 문서는 컴퓨터로만 열 수 있어요.
     這個文件只能用電腦開啟。

A4-2 (으)로서

功　　能：表示前文為所具備之資格、身分。

中文翻譯：身為……、作為……、以……

文法屬性：副詞格助詞。

結合用例：

最後一字「有」收尾音	학생	학생으로서
最後一字收尾音為「ㄹ」	경찰	경찰로서
最後一字「無」收尾音	의사	의사로서

用　　法：

1. 表示對應於句中動作、情況時所具備之身分、資格地位。

- 나는 이 프로젝트의 팀장으로서 회의에 참석했어요.
  我以這個專案的組長身分出席了會議。

  （表示「이 프로젝트의 팀장」（這個專案的組長）為「참석하다」（出席）一動作所對應之身分；句中之主體仍為「나」（我）。）

- 이 문제는 현재로서 해결이 불가능해요.
  這個問題以現在來說是不可能解決的。

  （表示「현재」（現在）為「불가능하다」（是不可能的）一狀態所對應之狀況；句中之主體仍為「해결」（解決）。）

延伸補充：

1. 由於處於某特定身分立場時，往往會因其立場而進行特定動作，或呈現特定樣貌，因此在使用「(으)로서」時，常伴隨著「具備該身分立場時所應有之特徵、行為」一既定印象。

  - 그것은 의사로서 할 일입니다.
    那是身為醫生該做的事

    （說此句話時，話者自身持有「身為醫生必須完成某使命，或具有某責任」之想法。）

  - 선생님으로서 대만의 교육 환경에 대해 어떻게 생각하십니까?
    作為一個老師，（您）怎麼看臺灣的教育環境呢？

    （向老師提出此問題時，通常是希望老師站在「老師應該考量之處」的立場上回答。）

2. 基本上可以「(으)로」替代之；惟「(으)로서」在「資格、身分」之意義上較為明確、分明，且較具「主動」之語感。

  - 장남으로서 내가 부모님을 모시겠습니다.
    作為長子，我會侍奉父母親的。

  - 이 일은 담당자로서 책임을 져야 합니다.
    這件事作為負責人必須承擔責任。

助詞結合實例：

1. (으)로서 + 은/는

  - 걔는 친구로서는 괜찮은데 애인으로서는 별로인 것 같아요.
    他作為朋友是還不錯，但作為戀人卻不怎麼好的樣子。

2. (으)로서 + 의

- 난 단지 친구로서의 의리를 지켰을 뿐이야.
  我只是恪守了作為朋友（所需要恪守）的義理而已。

A4-3 (으)로써

功　　能： 表示前文為所使用之方法、工具、材料。

中文翻譯： 用……、透過……、以……

文法屬性： 副詞格助詞。

結合用例：

最後一字「有」收尾音	방법	방법으로써
最後一字收尾音為「ㄹ」	찹쌀	찹쌀로써
最後一字「無」收尾音	나무	나무로써

用　　法：

1. 表示動作進行之方法，或目的達成之手段。

  • 문제는 대화로써 해결하는 겁니다.
    問題是透過對話解決的。

    （表示「대화」（對話）為進行「문제를 해결하다」（解決問題）一動作之方法。）

  • 노력으로써 성공할 수밖에 없어요.
    只能透過努力成功。

    （表示「노력」（努力）為達成「성공하다」（成功）一目的之手段。）

2. 表示動作進行時所使用之工具、媒介。

  • 사랑으로써 서로의 갈등을 극복해요.
    用愛克服彼此之間的矛盾。

- 눈물로써 다른 사람한테 용서를 비는 것이 비겁해요.
  利用眼淚跟別人乞求原諒這件事很卑鄙。

3. 表示物品製作時所使用之原料、材料。

- 배추로써 김치를 만들어요.
  利用白菜製作辛奇（韓國泡菜）。

- 대만에서는 대나무로써 만든 젓가락이 널리 사용되고 있어요.
  在臺灣，用竹子製作的筷子正被廣泛地使用。

4. 基本上可以「(으)로」替代之；惟「(으)로써」在「方法、工具、材料」之意義上較為明確，語感上亦較為強調。

- 결국 이 두 회사는 제품의 품질로써 승부를 내야겠어요.
  倒頭來這兩間公司要以產品的品質決勝負。

- 사람의 마음은 돈으로써 살 수 있는 것이 아니에요.
  人的心並不是用金錢能夠買到的。

延伸補充：

1. 若「(으)로써」前方加上與時間相關之名詞時，則表示計算時間時的界線；惟此時須依照文意來判斷其含義為「至該時間為止」或「自該時間之後」。

- 다음 달 21일로써 우리가 만난 지 3년이 되네.
  下個月 21 號（的時候），我們在一起就 3 年了呢。
  （依照句中「計算交往天數」之文意來看，可得知「(으)로써」在此的含義為「至該時間為止」。）

- 저는 어제로써 담배를 끊었어요.
  我從昨天開始戒掉了菸。
  （依照句中「已戒掉菸」之文意來看，可得知「(으)로써」在此的含義為「自該時間之後」。）

A4-4 (으)로³

功　　能：表示前文為動作、狀態發生之原因或理由。

中文翻譯：因為……、由於……、╳

文法屬性：副詞格助詞。

結合用例：

最後一字「有」收尾音	원인	원인으로
最後一字收尾音為「ㄹ」	사실	사실로
最後一字「無」收尾音	이유	이유로

用　　法：

1. 表示動作進行、狀態發生之原因或理由。

   - 국을 끓일 때 실수로 소금 대신에 설탕을 넣었어요.
     煮湯的時候失手將糖當作鹽放進去了。

     （表示「실수」（失手）為導致「설탕을 넣었다」（放入了糖）一動作
     進行之原因。）

   - 서울은 패션으로 유명한 도시예요.
     首爾是（一個）因時尚而聞名的都市。

     （表示「패션」（時尚）為「유명하다」（有名）一狀態形發生之理
     由。）

2. 在實際使用時，「(으)로」常用來表現具「負面意義」之原因、理由，例
   如：疾病、事故、災害等情形。

   - 개는 얼마 전의 사고로 아직도 병원에 있어요.
     他因為不久前的事故，至今仍在醫院。

- 극심한 가뭄으로 식물이 말라 죽고 있습니다.
  因為嚴重的乾旱（導致）植物正在乾枯死亡。

> 📖 疾病、事故、災害等具負面意義之詞彙，常見的有：「질병」
> （疾病）、「죽음」（死亡）、「감기」（感冒）、「사고」
> （事故）、「폭설」（暴雪）、「폭우」（暴雨）、「가뭄」
> （乾旱）、「지진」（地震）、「실수」（失誤）、「잘못」
> （錯誤）、「오해」（誤會）。

延伸補充：

1. 亦常與表達原因、理由之「인하다」（由於）、「말미암다」（導致）搭配
   使用，作「(으)로 인해」、「(으)로 말미암아」。

   - 돌림병으로 인해 많은 사람이 목숨을 잃었어요.
     因為傳染病（的緣故），很多人失去了生命。

   - 큰 지진으로 말미암아 열차가 지연됐습니다.
     由於大地震（的關係）列車延誤了。。

2. 「(으)로」另可將名詞「副詞化」，藉以對句中之文意加以修飾，可視為特
   殊用法；惟依據此用法構成之形態，多已作為副詞被登錄於辭典中。

   - 내가 좋아하는 가수, 진짜로 오늘 여기에 오는 거야?
     我喜歡的歌手今天真的（會）來這裡嗎？

     （「진짜로」（真地）已被收錄於字典中，是為一副詞。）

   - 저는 개인적으로 이 제안에 반대를 합니다.
     就我個人而言，對這個提案表示反對。

     （在「개인적」（個人）一名詞後方加上「(으)로」表示副詞化，對該句
     之文意加以限制、修飾。）

A4-5 에[4]

功　　能：表示前文為原因、方法、計算基準。

中文翻譯：因……、用……、每……、╳

文法屬性：副詞格助詞。

結合用例：

最後一字「有」收尾音	바람	바람에
最後一字「無」收尾音	하루	하루에

用　　法：

1. 表示動作、狀態發生之原因；此時通常不與「依主語意志」進行之行為搭配使用。

- 아이가 큰 소리에 깜짝 놀랐어요.

  孩子因為巨響而嚇了一跳。

  （表示「큰 소리」（巨響）為「놀라다」（驚嚇）一動作發生之理由，且其並非依據主語意志而進行。）

- 어제 위스키 한 잔에 취했어요.

  昨天（喝）一杯威士忌（就）醉了。

  （表示「위스키 한 잔」（威士忌一杯）為「취하다」（酒醉）一狀態發生之理由，且其並非依據主語意志而發生。）

2. 表示將某事物作為動作進行時所仰賴、利用之方法、手段。

- 날씨가 좋을 때 이불을 햇볕에 말려요.
  天氣好的時候在陽光下曬棉被。

  （表示「햇볕」（陽光）為「이불을 말리다」（使棉被乾燥）一動作進行時仰賴之手段。）

- 가끔은 달빛에 책을 비추어 읽는 것도 운치가 있네요.
  偶爾在月光下看書也挺有韻味呢。

  （表示「달빛」（月光）為「책을 비추다」（照亮書本）一動作進行時利用之方法。）

  此時亦可在「에」後方加上「다가」作「에다가」，在語感上則較為強烈、強調。

3. 表示計算次數、價格之基準或單位。

- 용과는 5개에 200원입니다.
  火龍果是 5 個 200 元。

  （表示「200원」（200元）一價格之計算單位為「5개」（5個）。）

- 일주일에 세 번씩 헬스장에 가서 운동해요.
  每週去健身房運動三次。

  （表示「세 번」（三次）一頻率之計算基準為「일주일」（一週）。）

延伸補充：

1. 亦可作為表示「添加」之用法，即在「에」前方之名詞上再加上另一名詞，用以表示數量、程度上之增添；此時亦可在「에」後方加上「다가」作「에다가」，則在語感上較為強烈、強調。

- 3에 5를 더하면 8이 돼요.
  3 加上 5 等於 8。

  （單純表示數量、數字上的添加。）

- 이번 학기에는 기말고사에다가 발표까지 있어서 좀 빡세네요.
  這學期有期末考試，再加上甚至還有上臺報告，有點累呢。

  （此時添加另一名詞於名詞後方，用來強調在事物、程度上之增添。）

2. 另可表示比較、作為基準之對象；常與需要「基準對象」之特定詞彙一同使用。

- 우리 아이는 나이에 비하면 키가 큰 편이에요.
  我們的孩子就年齡來說個子算高的。

  （此時對應於「비하다」（比較）一詞，「나이」（年齡）為其比較基準。）

- 교육현장에서는 맞춤법에 어긋나는 표현을 피해야 합니다.
  在教育現場中，必須避免有違正確拼字法的表現。

  （此時對應於「어긋나다」（違背）一詞，「맞춤법」（正確拼字法）為其基準、準則。）

> 📖 需要「基準對象」之特定詞彙，常見的有：「맞다」（正確）、「비하다」（比較）、「부합하다」（符合）、「어울리다」（適合）、「어긋나다」（違背）、「벗어나다」（偏離）、「뒤떨어지다」（落後）、「앞서다」（領先）、「가깝다」（近）。

A4-6 보다

功　　能：表示前文為進行比較時之基準。

中文翻譯：比……、比起……、相較於……

文法屬性：副詞格助詞。

結合用例：

最後一字「有」收尾音	가족	가족보다
最後一字「無」收尾音	친구	친구보다

用　　法：

1. 表示進行比較時，作為比較基準之對象；此時僅呈現在「比較當下」時的特性，並非「本質上」之評斷。

   - 제가 형보다 키가 커요.
     我身高比哥哥高。

     （此時之「형」（哥哥）為敘述身高時之比較基準；至於我的身高是否真的很高，此部分則不得而知。）

   - 저는 김치찌개보다 된장찌개를 더 좋아해요.
     比起泡菜鍋，我更喜歡大醬鍋。

     （此時之「김치찌개」（泡菜鍋）為敘述喜好之比較基準；至於我是否真的很愛大醬鍋，此部分則不得而知。）

2. 為加強語氣，可搭配副詞「더」（更加）使用；但若欲表達「在相較之下沒那麼……」之含義，則加上副詞「덜」（不太）。

   - 너보다 내가 더 예뻐.
     我比妳漂亮太多了。

- 너보다 내가 덜 예뻐.

  我沒有妳那麼漂亮。

  > 📖 上述兩句中僅存在副詞「더」（更加）、「덜」（不太）間之差
  > 異，但在意義上呈現相反。

3. 「보다」亦常與「무엇」（什麼）、「누구」（誰）等不定代名詞一同使
   用，此時則分別具有「比起任何……」、「比起任何人……」之含義。

   - **무엇**보다 중요한 것은 행복한 삶을 누리는 거예요.

     比起任何（其他）事情，最重要的是享受幸福的生活。

   - 나는 너에 대해서 그 **누구**보다 더 잘 알아.

     我比任何人都還要來得瞭解你。

4. 在進行比較時若無特定之比較基準，則可直接使用副詞「보다」（更加）作
   敘述；此時身為副詞之「보다」僅在形態上與助詞「보다」相同，而副詞前
   方不需接續名詞。

   - **보다** 자세한 내용은 기획재정부 홈페이지에서 확인해 주세요.

     更詳細的內容，請至企劃財政部首頁確認。

延伸補充：

1. 在使用時，句中之時制、文法限制等需配合「主敘述」，而非身為比較基準
   之對象。

   - **어제의 날씨가** 오늘보다 더 좋**았**어요.

     昨天的天氣比今天還要來得好。

     （「어제의 날씨」（昨天的天氣）屬主語，為敘述對象，而後方時制則
     須配合其加上表示過去時間的「-았-/-었-/-였-」。）

- 친구보다 **내가** 더 일등을 하고 **싶어**.

  我比朋友更想成為第一名。

  （「나」（我）屬主語，為敘述對象，後方配合其加上「싶다」（希望）；若敘述對象為「친구」（朋友），比較基準對象為「나」（我），則此句應作「친구가 나보다 더 일등을 하고 싶어해.」（朋友比我更想成為第一名）。）

2. 格助詞之間通常不互相結合使用，而是以直接取代之方式呈現；但「에」、「에서」、「에게」等助詞在與「보다」一同使用時，仍會添加於「보다」前方。

- 일본**에보다** 한국에 더 적합한 건축 양식 같아요.

  比起日本，好像更符合韓國的建築風格。

- 영화는 집**에서보다** 영화관에서 보는 것이 훨씬 더 집중이 잘 되어요.

  比起在家，在電影院看電影更容易集中。

- 이 약은 몸에 열이 많은 사람**에게보다** 냉한 사람에게 효과적입니다.

  這種藥比起對體質燥熱的人，對體質虛寒的人更有效。

3. 因動詞本身之特性，在與「보다」搭配之敘述中，通常必須在動詞前方另添加副詞，或表程度、頻率等意義之詞彙，以對其動作加以補充修飾。

- 너보다 고기를 **잘** 먹는 사람이 없을 거 같아.

  應該沒有比你更能吃肉的人了。

- 어른보다 **먼저** 도착해도 어른을 기다려야 합니다.

  即使比長輩早到也要等待長輩。

  > 由於與形容詞的「狀態」不同，動詞呈現的是「動作」，為單純展現其行為之發生與進行，因此需要添加表程度、頻率等可以對動詞進行修飾、細部描述之詞彙。

助詞結合實例：

1. 보다 + 은/는

  • 혼자보다는 친구랑 같이 있는 거 더 좋지?
    比起獨自（一人），和朋友待在一起比較好吧？

2. 보다 + 도

  • 비만인 사람은 체중 조절이 무엇보다도 중요합니다.
    肥胖的人最重要的就是控制體重。

A4-7 처럼

功　　能：表示前文為程度相似，或在比喻時該特徵所對應到之對象。

中文翻譯：跟……一樣、像似……一樣

文法屬性：副詞格助詞。

結合用例：

最後一字「有」收尾音	하늘	하늘처럼
最後一字「無」收尾音	바보	바보처럼

用　　法：

1. 表示在描述某狀態、行為時，藉由比擬一程度相同之對象，以進行更為具體的描述；此時無論是描述之對象，或是作為比擬之對象，皆須屬同一性質。

- 저는 우리 아버지처럼 키가 커요.
  我跟我爸爸一樣身高很高。

  （表示在描述「키가 크다」（身高高）一狀態時，藉由「아버지」（爸爸）一同樣身高很高的人進行比擬；此時兩人之身高皆高。）

- 나도 형처럼 공부를 잘해요.
  我也跟哥哥一樣很會讀書。

  （表示在描述「공부를 잘하다」（很會讀書）一行為時，藉由「형」（哥哥）一同樣擅長讀書的人進行比擬；此時兩人皆擅長讀書。）

> 📖 在作為此用法使用時，比擬之對象亦常是位於聽者周遭，且十分清楚之人、事、物；透過比擬對象之揭示，能讓聽者清楚了解自己所敘述之程度為何，同時更為具體。

2. 表示在描述某狀態、行為時，藉比喻、譬喻作一特徵明顯之對象，並利用其廣為人知、典型之特性以協助完成敘述。

- 난 지금까지 바보처럼 살았구나.
  我到目前為止，原來活得像個笨蛋一樣呢。

  （「바보」（笨蛋）一對象之典型特性為「愚蠢」，此為常識，因此藉由比喻，以表示行為舉止皆像其一樣愚蠢、不明智。）

- 돈이 없으면서 왜 부자처럼 돈을 막 쓰는 거야?
  （明明就）沒有錢，為什麼還要像有錢人一樣隨意花錢呢？

  （「부자」（富者）一對象之典型特徵為「花錢不手軟」，此為常識，因此藉由比喻，以表示使用錢的方法像其一樣不克制。）

> 📖 在作為此用法使用時，比喻、譬喻之對象通常是眾所皆知、具備典型特色之人、事、物；透過比喻之提出，能讓聽者立即聯想到其特性為何。

延伸補充：

1. 「처럼」在與否定用法搭配使用時具「歧義性」，也就是同一句話可能於不同狀況時具有截然不同之意，此時則需要仰賴前後文及當下之情況作出判斷。

- A: 싫어하면 안 하면 되지?
  討厭的話，不做不就好了嗎？
  B: 에이, 그건 네 말처럼 쉽지 않은 일이야.
  誒，那個事情不像你説的那麼簡單。

  （此時反駁對方，表示「事情不如對方所說的那樣容易」，即「對方用說的比較簡單，實際做有困難」。）

A 格助詞、接續助詞

119

- A: 연구할 때 자료의 수집은 항상 어렵네.

  研究的時候，資料的蒐集總是很困難呢。

  B: 맞아. 그건 네 말처럼 쉽지 않은 일이야.

  沒錯，那個跟你說的一樣，是件不容易的事情。

  （此時附和對方，表示「如同對方話中所述，蒐集資料一事確實不容易」。）

2. 因動詞本身之特性，在與「처럼」搭配之敘述中，常必須在動詞前方另添加副詞，或表程度、頻率等意義之詞彙，以對其動作加以補充修飾。

- 너처럼 매일 백화점에 가는 사람, 또 어디 있겠어?

  哪裡還有跟你一樣每天去百貨公司的人？

- 우리 누나처럼 운동을 열심히 할 거예요.

  （我）要跟我姊姊一樣認真運動。

  > 由於與形容詞的「狀態」不同，動詞呈現的是「動作」，為單純展現其行為之發生與進行，因此需要添加表程度、頻率等可以對動詞進行修飾、細部描述之詞彙。

A4-8 같이

功　　能：表示在比喻時，前文為該特徵所對應到之對象。

中文翻譯：像似⋯⋯一樣

文法屬性：副詞格助詞。

結合用例：

最後一字「有」收尾音	하늘	하늘같이
最後一字「無」收尾音	바보	바보같이

用　　法：

1. 表示在描述某狀態、行為時，藉由比喻、譬喻作一特徵明顯之對象，利用其廣為人知、典型之特性以協助完成敘述。

- 너 진짜 소같이 일만 하네.
  你真的像似牛一樣地只會工作呢。

  （「소」（牛）一對象之典型特性為「只會辛勤」，此為常識，因此藉由比喻以表示工作時像其一樣埋頭苦幹。）

- 얼음장같이 차가운 방바닥에서 자면 어떡해요?
  怎麼能睡在像似冰一樣冷的房間地板上呢？

  （「얼음장」（冰）一對象之典型特徵為「冰冷」，此為常識，因此藉由比喻以表示房間地板的溫度像其一樣冰冷難耐。）

  > 在作為此用法使用時，比喻、譬喻之對象通常是眾所皆知、具備典型特色之人、事、物；透過比喻之提出，能讓聽者立即聯想到其特性為何。

2. 基本上可以「처럼」替代之；惟「같이」係自形容詞「같다」（相同）衍生而成，因此在「……和……相同、一樣」之意義上較為明確、分明。同時，在口語對話中「처럼」出現之頻率較高；「같이」則常作為慣用表現使用。

- 천사같이 웃는 너, 내가 볼 때마다 마음이 설레.
  笑得像似天使一樣的你，每次我看到的時候都會心動。

- 오늘같이 더운 날에는 정말 빙수를 먹고 싶어요.
  像今天一樣這麼熱的天，真的很想吃剉冰。

延伸補充：

1. 另可用於強調時間，此時僅與少數時間相關名詞結合使用，可視為特殊用法。

- 왜 매일같이 지각을 해?
  為什麼每天遲到？

- 연말이라 그는 새벽같이 일어나서 출근했어요.
  因為是年底了，他一大清早就起來去上班了。

A4-9 만큼

功　　能：表示在進行比較時，前文為該程度、數量所對應到之對象。

中文翻譯：和……一樣、和……一般

文法屬性：副詞格助詞。

結合用例：

最後一字「有」收尾音	하늘	하늘만큼
最後一字「無」收尾音	얼마	얼마만큼

A
格助詞、接續助詞

用　　法：

1. 表示在描述某狀態、行為之程度、數量、大小等時，藉由舉出一對象作為度量標準以利進行量化。

- 저는 우리 아버지만큼 키가 커요.
  我的身高和爸爸一般高。

  （此時之「아버지」（爸爸）為敘述「身高」時方便量化之度量標準；此時僅表示我的身高與爸爸相當。）

- 이 아이는 어른만큼 밥을 먹을 수 있어요.
  這個小孩可以吃飯吃得和大人一般多。

  （此時之「어른」（大人）為敘述「飯量」時方便量化之度量標準；此時僅表示這個小孩的飯量與大人相當。）

  > 📖 藉由「作為度量標準之對象」所對應之程度，使聽者得以清楚「敘述之對象」的程度、數量、大小等為何。

2. 在使用「만큼」時，將焦點置於「敘述之對象」、「作為度量標準之對象」
   兩者之間的「等量」，並未對兩者之性質給予實際評價。

   - 나도 너만큼 잘할 수 있으니 까불지 마.
     我也可以做得跟你一樣好，所以不要太囂張。

     （表示「나」（我）、「너」（你）在做事情的擅長程度上之等量，至
     於我、你在與其他人相比時，是否真的很擅長做某事，則不得而知。）

   - 동생은 형만큼 똑똑해요.
     弟弟和哥哥一樣聰明。

     （表示「동생」（弟弟）、「형」（哥哥）在聰明程度上之等量，至於
     弟弟、哥哥是否比平均值聰明，則不得而知。）

延伸補充：

1. 由於涉及程度、數量、大小等相關表現，因此「만큼」前方亦可加上「길
   이」（長度）、「너비」（寬度）、「높이」（高度）、「깊이」（深
   度）、「크기」（大小）、「무게」（重量）、「넓이」（面積）、「숫
   자」（數字）等詞彙。

   - 아이들의 상상력은 시대가 바뀔수록 놀이터의 넓이만큼 좁아
     져갑니다.
     孩子們的想像力隨著時代的改變，和遊樂場的面積一樣變得越來越小。

   - 우선, 양다리를 어깨 너비만큼 벌려야 합니다.
     首先，雙腿必須張開到和肩膀寬度一樣。

2. 「**만큼**」在與否定用法搭配使用時具「歧義性」，也就是同一句話可能於不同狀況時具有截然不同之意，此時則需要仰賴前後文及當下之情況作出判斷。

- A: 이 핸드폰은 내 것만큼 크지 않네.

  這支手機沒有我的（手機）那麼大呢。

  B: 아, 내 손은 좀 작은 편이라 이 작은 걸 샀지.

  啊，因為我的手算小的，就買了這個小的（手機）了。

  （此時表示「對方之手機不如自己的大」，即「自己的手機比較大」。）

- A: 이 핸드폰은 내 것만큼 크지 않네.

  這支手機不大，就像我的（手機）一樣呢。

  B: 오! 설마 우리가 같은 핸드폰을 쓰는 거야?

  喔！該不會我們用的是一樣的手機吧？

  （此時表示「對方之手機如同自己的一樣，不大」，即「兩支手機一樣都屬不大」。）

助詞結合實例：

1. 만큼 + 도

- 그는 우리에게 손톱만큼도 관련이 없는 사람이야.

  他對我們來説，是個連指甲大小的關聯都沒有的人。

2. 만큼 + 만

- 오늘 배고프지 않으니까 밥은 이만큼만 주시면 돼요.

  今天不餓，飯只要給我和這樣一樣（的量）就可以了。

A4-10 아/야

功　　能：用以呼喚與話者地位、年紀相仿或低下之人。

中文翻譯：……啊、✕

文法屬性：呼格助詞。

結合用例：

最後一字「有」收尾音	지민	지민아
最後一字「無」收尾音	철수	철수야

用　　法：

1. 呼喚、叫喚聽者，且聽者在地位、年紀上與話者相仿，或較話者低下。

- 애들아, 같이 밥 먹으러 가자.

  孩子們，一起去吃飯吧。

  （聽者為「애들」（孩子們），此時話者可能為老師、父母、學長姐等上位者，或為同學等同輩者。）

- 민수야, 엄마가 편의점 갔다 올게.

  民秀啊，媽媽（我）去一趟便利商店喔！

  （聽者為「민수」（民秀），此時已在話中提及話者為媽媽，且母親不管是在地位、年紀上皆較民秀高。）

  > 此時話者與聽者之間需為較親密、熟悉之關係；即便是兩人地位、年紀相仿，或甚至聽者較為低下，若在並非熟識關係之情況下使用，則可能含有輕蔑、不禮貌之感。

2. 對姓名發音與韓語差距較大之外國人進行叫喊、呼喚時，通常不使用「아/야」。

- 제임스, 너 어디 가는 거냐?
  詹姆士啊，你要去哪裡啊？

- 린다, 그만 놀고 빨리 숙제를 해라!
  琳達啊，不要再玩了，快點做作業！

延伸補充：

1. 在對他人進行呼喚、叫喚時，若聽者在地位、年紀上較話者高時，則可使用「(이)여」；惟此時之呼喚常與宗教信仰中之對象相關，或是具有煽動、呼訴性，須謹慎使用。

- 님이여, 어디 계시나이까?
  親愛的啊……您在哪裡啊？

- 주여, 저희를 어여삐 여기소서.
  主啊……疼愛我們吧！

補助詞

韓語中的「補助詞」又可稱作「特殊助詞」，擁有另為前方體言（名詞、代名詞、數詞）、副詞、活用語尾加上特殊含義之功能。

相同之詞彙，會隨著與其結合之補助詞的不同，而呈現完全不同之意義或語感。補助詞所涵蓋之含義十分地精確、細緻，在學習時看似較為困難，但相信熟悉後，必定能體會韓語語感之美。

B1 強調

B2 指定與選擇

B3 其他

B1 │ 強調

B1-1 은/는

功　　能：表示前文為話語之主題，或表示對照、排除、強調。

中文翻譯：✕

文法屬性：補助詞。

結合用例：

最後一字「有」收尾音	시청	시청은
最後一字「無」收尾音	학교	학교는

用　　法：

1. 表示話語、句子之主題；此時通常位於句子之前方，在點出主題之後，接著對其進行進一步之相關說明。

   - 어제는 오전에 한국어 수업이 있었어요.
     昨天（呢），在上午有韓語課。

     （此時「어제」（昨天）為話題之主題，但並非後方「있었다」（有）一敘述所對應到之主語；句中之「한국어 수업」（韓語課）才屬實際主語。）

   - 선생님은 전공 지식을 갖춘 사람입니다.
     老師是具備專業知識的人。

     （此時「선생님」（老師）為話題之主題，同時屬後方「전공 지식을 갖춘 사람이다」（是具備專業知識的人）一敘述所對應到之主語；此時是以「은/는」取代主格助詞「이/가」。）

📖 用來表示話題、句子主題之名詞，可能為該句中之主語，亦有可能不是。當該名詞同時身為句中主語時，則可直接對應於後方之敘述；相反地，若該名詞並非句中主語的話，則另有其他主語可對應於後方敘述。

2. 表示與其他名詞間之對照。此時藉「은/는」之使用以吸引聽者之注意，使聽者留意句中敘述之相反性、對照性；常用於呈現對比、羅列之情形。

- 이번 시험에서 나는 일등을 했고 너는 꼴찌야.
  在這次考試中，我獲得了第一，而你則是最後一名。

  （藉「은/는」使聽者注意「我獲得了第一」、「你最後一名」兩敘述間之對比、差異。）

- 포항은 물회로 유명하며 전주는 비빔밥로 알려졌습니다.
  浦項是以涼拌醬汁生魚片有名，而全州則是以拌飯聞名。

  （藉「은/는」使聽者注意「浦項以涼拌醬汁生魚片有名」、「全州以拌飯聞名」兩敘述間之羅列、列舉。）

3. 表示排除其他情形、狀況，將焦點置於句中提及之內容；此時常與「에서」、「에」、「(으)로」、「하고」、「에게」、「보다」等其他格助詞結合使用。

- 이런 얼룩이 주방 세제로는 잘 지워져요.
  這種污漬用洗碗精是很容易被擦掉。

  （將焦點集中於「用洗碗精」是很容易擦掉的，同時含有「至於用其他清潔劑是否也能清洗乾淨，則不清楚」一意義。）

- 나한테는 이 방법이 도움이 되긴 해요.
  對我（個人）來說，這方法是有用的。

  （將焦點集中於「對我是有用的」，同時含有「至於對其他人是否有幫助，則不清楚」一意義。）

4. 表示對所提及內容之強調。

- 이미 늦었으니까 내일은 꼭 제출해야 돼. 알았지?
  已經遲了，明天一定要交出來，知道了吧？

  （強調「내일」（明日）一時間。）

- 어? 벌써 가려고? 밥은 먹었어?
  喔？這麼早就要走了？飯吃了嗎？

  （強調「밥을 먹었다」（吃了飯）一事。）

5. 在實際使用時，有時會將「는」與無收尾音之前一字合併，此時會於前一字上添加收尾音字「ㄴ」。

- 넌 나랑 성격이 너무 다르네.
  你跟我真的個性太不一樣了呢。

  （此處之「넌」由「너」（你）與「ㄴ」結合而成。）

- 이건 비싼 거니까 남기지 말고 다 먹어야 돼.
  這是很貴的東西，不要剩下，要全部吃光。

  （此處之「이건」由「이거」（這個）與「ㄴ」結合而成。）

6. 「은/는」常無法精準地被翻譯成中文，此時可配合語氣、語調以協助轉譯成較符合原意之中文。

延伸補充：

1. 在文章、對話中再次提及同一資訊時，身為舊有資訊、已知訊息之該名詞後方通常會接上「은/는」；身為新資訊之名詞後方則通常會接上「이/가」。

- 옛날에 저 마을에 한 할아버지가 살았는데, 그 할아버지는 마법사였어요.
  在很久以前，那個村子裡住著一位老爺爺，而那個老爺爺是個魔術師。

2. 在一般情形下，當句子中出現大主語、小主語時，位於「은/는」前方之名詞屬大主語，是針對句子整體進行之敘述部分；而位於「이/가」前方之名詞則屬小主語，僅為句中用來描述大主語之其中一小部分。

- 저는 친구가 고향에 돌아간다는 것을 알았어요.
  我知道了朋友要回家鄉（這件事）。

  （對應於「고향에 돌아가다」（回家鄉）一事之對象為「친구」（朋友），是為小主語；而對應於「알았다」（知道了）一動作之行為者為「저」（我），係屬此句中「主要敘述」之主語，是為大主語，係屬此句中「身為句子整體主敘述」之主語。）

- 세종대왕은 제가 가장 존경하는 조선 국왕이에요.
  世宗大王是我最尊敬的朝鮮國王。

  （大主語所隸屬的部分，通常是話者對於該事件之完整描述，是為句中之主敘述內容。）

  > 韓語中「大主語、小主語」之概念，可比擬作在學習英語時「形容詞子句（關係子句）」中之「大主詞、小主詞」概念。

3. 「은/는」作為一使用頻率極高之補助詞，可與絕大多數助詞結合使用，且通常添加於其他助詞之後方；其中唯獨不與主格助詞「이/가」、受格助詞「을/를」等結合，而是直接以「取代」之方式使用。

- 한국에서는 고기를 많이 먹습니다.
  在韓國很常吃肉。

  （「은/는」在與「에서」結合時，直接添加於其後方即可。）

- 저는 대만 사람입니다.
  我是臺灣人。

  （此處之「저」（我）屬主語，後方原本可添加主格助詞「이/가」，但此時為表示主題，所以以「은/는」取代之。）

- 제가 밥은 매일 먹지요.

  飯我是每天吃啦。

  （此處之「밥」（飯）屬受語，後方原本可添加受格助詞「을/를」，但此時為表示強調，所以以「은/는」取代之。）

4. 具不確定性、待指定意義之「언제」（何時）、「어디」（何處）、「누구」（誰）、「뭐」（什麼）、「무엇」（什麼）等不定代名詞，不會與「은/는」搭配使用。

助詞結合實例：

1. 한테 + 은/는

   - 반 친구들한테는 이 사실을 전달했어요?

     把這件事實轉告給班上同學了嗎？

2. (으)로 + 은/는

   - 쌀로는 무슨 음식을 만들 수 있어요?

     用米可以做出什麼食物呢？

B1-2 (이)란

功　　能：表示前文為在進行說明、下定義時被指定作為話題之對象。

中文翻譯：所謂的……、╳

文法屬性：補助詞。

結合用例：

最後一字「有」收尾音	예술	예술이란
最後一字「無」收尾音	학교	학교란

用　　法：

1. 表示在進行說明、給予定義時，被選定之話題、主題目標。

   • 인생이란 참으로 묘한 것이 아닐까?
     人生不就是很奇妙的東西嗎？
     （在進行說明時，「인생」（人生）一對象為被選定之話題。）

   • 국가란 한 나라를 대표하고 상징하는 노래입니다.
     所謂的國歌就是代表、象徵一個國家的歌曲。
     （在給予定義時，「국가」（國歌）一對象為被選定之主題目標。）

2. 「(이)란」之意義同「(이)라고 하는 것은」，乃作為針對選定話題所進行解釋之後方內容，此時通常為一般人對於該話題所持有之客觀認知，但亦可為話者自身的個人見解。

   • 부부란 남편과 아내를 아울러 이르는 말이에요.
     所謂的夫妻，指的是同時稱呼丈夫與妻子（的話）。
     （此時針對「부부」（夫婦）之解釋，屬一般人對於該話題所持有之客觀認知。）

- 요리란 그 속에 만든 사람의 정성이 들어가야 한다고 생각합니다.

  我認為所謂的料理，應該要含有製作人的誠意。

  （此時針對「요리」（料理）之解釋，屬話者自己的個人見解。）

3. 由於常於給予解釋時使用，因此後方亦常搭配「이다」（是）、「-는 것이다」（是）、「-기 마련이다」（總會）、「-는 법이다」（必然）等與「下定論、總結」相關之詞彙或句型。

- 사람이란 자기 분수를 지킬 줄 알아야 되는 것입니다.

  人就是要懂得守住自己的分寸。

- 비밀이란 새어 나가기 마련이다.

  祕密總是會泄露出去的。

B1-3 (이)나²

功　　能： 表示對數量之大、程度之高的強調。

中文翻譯： 多達……、……之多、✗

文法屬性： 補助詞。

結合用例：

最後一字「有」收尾音	열 장	열 장이나
最後一字「無」收尾音	두 개	두 개나

用　　法：

1. 表示對事物、對象數量之大、次數之多、時間之長、程度之高等的強調，且其超越話者或一般認知上之想像、預料、期待。

- 애들이 딸기를 좋아하니까 3박스나 사 왔어.
  因為孩子們喜歡草莓，買來了 3 盒。

  （「3박스」（3盒）一數量為話者自行提出，此時話者亦認為所準備之數量，在一般認知上屬多，同時給予強調。）

- 제 친구는 고양이를 7마리나 키워요.
  我的朋友養了多達 7 隻的貓。

  （「7마리」（7隻）一數量為與他人相關之內容，此時話者對該數量之多表達強調，強調其超越自身的認知或想像。）

  > 當描述內容之出處為話者自身時，此時表示話者自己也對該數量之大、次數之多、時間之長、程度之高表示承認、認可；若是針對所觀察到的事情給予描述時，則表示其內容超越話者或一般認知上之想像、預料、期待。

2. 由於是強調超過話者或一般認知上之大、多、長、高等，「(이)나」常用於
   表示對該事物數量、次數、時間、程度之感嘆。

   - 아니, 이 핸드폰이 5만원이나 된다고?
     不會吧？你說這支手機要 5 萬元？

     （對「5만원」（5萬元）一價位之高表達難以置信。）

   - 노래방에서 똑같은 노래를 10번이나 불렀어요?
     在 KTV，一樣的歌唱了（有）10 遍之多？

     （表示對「10번」（10遍）一次數之多表達難以理解。）

延伸補充：

1. 「(이)나」另可表示「大約、大概」之意，為對數量、次數、時間、程度等
   之估計或估量。

   - 하루에 한국어를 몇 시간이나 공부해요?
     一天大概讀韓語幾個小時呢？

   - 글쎄. 아마 그때가 새벽 두 시나 되었을까?
     這個嘛，那時候大概是凌晨兩點嗎？

B1-4 (이)야

功　　能：表示對前文之強調。

中文翻譯：……確實、……的確、✕

文法屬性：補助詞。

結合用例：

最後一字「有」收尾音	지금	지금이야
最後一字「無」收尾音	이제	이제야

用　　法：

1. 表示強調某人、事、物。

   - 사람의 마음이야 항상 그렇잖아요.
     人的內心總是那樣不是嗎？

   - 부자야 아니지만 저도 가난한 이웃을 도울 수 있습니다.
     雖然確實不是有錢人，但是我也能幫助貧困的鄰居。

2. 「(이)야」具有較強之「對話性」，主要用於感嘆或與他人之對話中，而非單純之敘述。

   - A: 교통사고 났다고? 너 괜찮은 거야?
     （你）說發生了車禍？你沒事嗎？
     B: 저야 괜찮지요. 하지만 제 친구는 많이 다쳤어요.
     我倒是還好，但我的朋友傷得很重。

   - 진실이야 앞으로 조사에 의해 밝혀지겠지. 두고 봅시다.
     真相會在之後透過調查（被）揭曉的，等著瞧吧。

3. 屬口語用法，通常不被用於書面撰寫、正式場合中；在使用時，常伴隨著「理所當然」、「不在乎」、「確實如此」等語感。

- 아이들이 잘못하면 벌이야 내리지요.
  如果孩子們犯錯了，就（該）要處罰吧。

  （對「잘못하면 처벌을 내리다」（犯錯的話給予懲罰）表達「理所當然」。）

- 돈이야 또 벌면 되는 거니까 돈 걱정하지 마.
  錢嘛，再賺就行了，別擔心錢。

  （對「돈을 벌다」（賺錢）一事表達「不在乎」。）

- 그렇게 믿는 것이야 네 자유겠지만, 난 단지 사실대로 말했을 뿐이야.
  那樣子相信的確是你的自由，但我也只是實話實說而已。

  （承認「그렇게 믿는 것이 네 자유이다」（那樣子相信是你的自由）一事實「確實如此」。）

延伸補充：

1. 「(이)야」在與部分時間相關詞彙、表現搭配使用時，有時可表示「……才……」之意；即到達、超過某時間點後始發生某事。

- 이제야 못하겠다고 말하면 어떡하니?
  現在才說不行該怎麼辦啊？

- 연말이라 어제는 밤 12시에야 퇴근할 수 있었어요.
  因為到了年底了，昨天到晚上 12 點才能下班。

助詞結合實例：

1. 에서 + (이)야

 • 신문에서야 이런 꼴들을 봤지만 이런 일은 또 내 주변엔 처음
   이야.
   在報紙上是看過這種醜態，但這種事情在我身邊還是第一次發生。

2. 에게 + (이)야

 • 우리 같은 사람들에게야 그런 기회가 또 언제 있겠습니까?
   對像我們這樣的人來説，什麼時候還有那樣的機會呢？

B1-5 (이)야말로

功　　能：表示對前文之確認、指定做出強調。

中文翻譯：……才是、……正是、✕

文法屬性：補助詞。

結合用例：

| 最後一字「有」收尾音 | 진실 | 진실이야말로 |
| 最後一字「無」收尾音 | 친구 | 친구야말로 |

用　　法：

1. 表示對某人、事、物之確認、指定，同時給予強調。

- 부모야말로 항상 우리 곁에 있어 주는 사람이 아닐까요?
   父母不才是總是陪在我們身邊的人嗎？

   （指定「부모」（父母）為對應到「항상 우리 곁에 있어 주다」（總是陪在我們身邊）之人，同時給予強調。）

- 지금이야말로 인생에서 가장 중요한 시기입니다.
   現在正是人生中最重要的時期。

   （確認「지금」（現在）為對應到「인생에서 가장 중요하다」（人生中最重要）之時間，同時給予強調。）

2. 「(이)야말로」具有較強之「對話性」，主要用於與他人之對話中，或是搭配前後文做使用，而非單獨敘述。

- A: 얼른 사과해!
   快點道歉！
- B: 잘못한 사람은 내가 아니니까 너야말로 나한테 사과하지?
   做錯事的人不是我，你才（應該）向我道歉吧？

- 고품질 공교육이야말로 교육 개혁의 해법입니다.
  高品質的公（共）教育才是教育改革的解決方法。

3. 在使用時，常伴隨著「排除其他選項」、「反倒是」、「確實如此」等語感。

- 합격이야말로 제일 큰 목표예요.
  （考試）合格才是最大的目標。

  （排除身為其他可能目標之選項，強調「합격」（合格）一事為最大的目標。）

- 내 일은 내가 알아서 할 테니까 너야말로 네 걱정이나 해.
  我的事我自己看著辦，你才（應該要）擔心你自己。

  （應該要擔心的人並非話者自己，反倒是身為聽者之「너」（你）。）

- 심리적 건강이야말로 현대인들이 중시해야 하는 겁니다.
  心理上的健康才是現代人們需要重視的（東西）。

  （對需要重視的東西為「심리적 건강」（心理上的健康）一事表示同意，確實如此。）

助詞結合實例：

1. 에서 + (이)야말로

- 무대에서야말로 그의 진면목을 볼 수 있다.
  在舞臺上才可以看得見他的真面目。

2. 에 + (이)야말로

- 이번에야말로 달라져야 합니다.
  這次必須得變得不同。

B1-6 도

功　　能：表示添加、列舉、極端情形、讓步。

中文翻譯：……也、連……都、╳

文法屬性：補助詞。

結合用例：

最後一字「有」收尾音	시간	시간도
最後一字「無」收尾音	나이	나이도

用　　法：

1. 表示在既有人、事、物上之添加；即現有、添加之情形同時存在。此時現有、添加後之人、事、物通常具備相同之屬性。

   - 어제 슈퍼마켓에서 과일도 샀어요.
     昨天在超市也買了水果。

     （「과일」（水果）為添加之物，可從句中得知尚有其他既有之物，且同屬「購買之項目」一屬性。）

   - 너 지금 놀이동산 가는 거야? 그럼 나도 데려가.
     你現在是要去遊樂園嗎？那麼也帶我去。

     （「나」（我）為添加之人，「너」（你）為現有之人，且同屬「可去遊樂園的人」一屬性。）

2. 表示列舉，可用以連接兩個以上之名詞；此時列舉對象，或與其相關之描述通常具備相同之屬性。

- 돈도 권세도 명예도 이제 다 필요없어요.
  金錢、權勢、名譽現在全部都不需要了。

  （此時「돈」（金錢）、「권세」（權勢）、「명예」（名譽）同屬「生命中追求之物」一屬性。）

- 시간도 많이 걸리고 돈도 많이 들어서 사람들이 피하고 있어요.
  因為花費很多時間和耗費很多金錢，所以人們都在迴避。

  （此時「시간이 많이 걸리다」（花費很多時間）、「돈이 많이 들다」（耗費很多金錢）同屬「負面效應」一屬性。）

> 📖 作為此用法時，常會與「-고」、「-(으)며」、「-(으)면서」等表示並列之句型搭配使用。

3. 表示極端之情形；即藉提出極端之情形，暗示其他類似狀況亦同樣如此。

- 원숭이도 나무에서 떨어질 때가 있어요.
  連猴子都會有從樹上掉下來的時候。

  （藉提出「원숭이」（猴子）一擅長爬樹動物之極端情形，暗示即使是專家亦有失誤的時候，其他非專業人士更是如此。）

- 정말 한 번도 폭행을 해 본 적이 없어요.
  真的連一次都沒有施暴過。

  （藉提出「한 번」（一次）一基本之極端情形，暗示其他被指控之暴力行為皆屬子虛烏有。）

- 시간이 없어서 세수도 못 하고 왔어.
  因為沒有時間，連臉都沒洗（就）來了。

  （藉提出「세수」（洗臉）一極端情形，暗示其他需花費更多時間之事情皆未做。）

4. 表示讓步，即對某選項表達允許、同意。

- 창가 자리가 없으면 복도 자리도 괜찮으시겠습니까?
  如果沒有靠窗座位的話，靠走道座位也可以嗎？

  （詢問對方是否對「복도 자리」（靠走道座位）一選項表達允許。）

- 라테가 떨어졌어요? 그러면 아메리카노도 좋아요.
  拿鐵賣完了嗎？那樣的話美式咖啡也好。

  （話者對「아메리카노」（美式咖啡）一選項表達允許。）

> 📖 作為此用法時，常會與「좋다」（好）、「괜찮다」（沒關係）、「되다」（可以）、「나쁘지 않다」（不差）等讓步相關之詞彙、表現搭配使用。

5. 口語中常將「도」發音作「두」，但在書寫上仍需按標準之形態書寫。

延伸補充：

1. 「도」可與部分副詞結合，此時則對對應於前方副詞之含義表示強調。

- 아직도 숙제를 안 끝냈어요?
  到現在還沒有完成作業嗎？

- 밥을 참 많이도 먹네요.
  還真的是挺能吃飯呢。

> 📖 作為此用法時，常會與「아직」（仍然）、「많이」（多）、「그렇게」（那樣）、「자주」（經常）、「일찍」（早）、「빨리」（快）、「잘」（好）、「아마」（可能）等副詞搭配使用。

2. 「도」另可表示感嘆，此時為較單純性之感嘆，僅在感情、語氣上給予強調。

- 시간도 참 빨리 가는구나.
  時間過得很快呢。

- 에이, 맛도 없어.
  哎，不好吃。

3. 作為一使用頻率極高之補助詞，「도」可與絕大多數助詞結合使用，且通常添加於其他助詞之後方；其中唯獨不與主格助詞「이/가」、受格助詞「을/를」等結合，而是直接以「取代」之方式使用。

- 요즘 학생들은 수업 시간에도 밥을 먹네요.
  最近的學生們，在上課時間也吃飯呢。
  （「도」在與「에」結合時，直接添加於其後方即可。）

- 제 친구도 감기에 걸렸어요.
  我的朋友也感冒了。
  （此處之「제 친구」（我的朋友）屬主語，後方原本可添加主格助詞「이/가」，但此時為表示添加，所以以「도」取代之。）

- 내가 족발도 시켰으니까 빨리 와.
  我連豬腳也叫了，快點來。
  （此處之「족발」（豬腳）屬受語，後方原本可添加受格助詞「을/를」，但此時為表示添加，所以以「도」取代之。）

4. 若欲對動詞、形容詞、名詞이다所對應之行為、狀態、性質加以添加、列舉，則可與具名詞化功能之「-기」結合作「-기도 하다」後加以使用；惟此處「하다」之詞性需與前方之詞彙相同。

- 그는 선생님이기도 하고 학생이기도 해요.
  他既是老師也是學生。

- 공부하는 것이 힘들지만 즐겁기도 합니다.
  雖然學習很累，但也很開心。

助詞結合實例：

1. 한테서 + 도

- 아무리 성적이 나쁜 사람한테서도 배울 점은 있지요.
  即便成績再差的人，也有值得學習之處。

2. 에서 + 도

- 기자로서 어떤 상황에서도 진실을 전달하겠습니다.
  身為記者，在任何情況下都會傳達真相。

B1-7 까지¹

功　　能：表示強調在既有程度上之添加，或極端之情形。

中文翻譯：就連……都、甚至連……也、甚至還……

文法屬性：補助詞。

結合用例：

最後一字「有」收尾音	바람	바람까지
最後一字「無」收尾音	커피	커피까지

用　　法：

1. 表示在既有程度上之添加；即不僅包含現有的程度，甚至存在其他程度更高之情形，用以強調某狀態程度之高。

- 날도 추운데 바람까지 많이 부네요.
  天氣這麼冷，甚至還颳大風呢。

  （在既有之「날이 춥다」（天氣冷）一狀態下，尚存在「바람이 많이 불다」（颳大風）一程度更高之情況；此時用來強調天氣十分不好。）

- 성적이 안 좋은 것도 모자라 이제 거짓말까지 하는 거야?
  成績不好還不夠，現在甚至還說謊？

  （在既有之「성적이 안 좋다」（成績不好）一狀態下，尚存在「거짓말을 하다」（說謊話）一程度更高之情形；此時用來強調對方不學好，令人操心。）

2. 表示極端之情形；即在包含現有程度之情況下，藉提出極端之情形，以強調某狀態程度之甚。

- 엄마가 많이 화났나 봐요. 전화까지 안 받네요.
  媽媽似乎很生氣的樣子，就連電話也不接呢。

  （此時雖仍存在可表示媽媽生氣的其他方式，但藉提出「전화를 안 받다」（不接電話）一極端之情形，強調媽媽十分地生氣。）

- 이번에는 공부를 제일 못하는 나까지 90점을 받았어.
  這次就連最不會讀書的我都拿到 90 分了。

  （此時雖仍存在可證明考試內容簡單之例證，但藉提出「공부를 제일 못하는 나」（最不擅長讀書的我）一極端之情形，強調考試內容之極為容易。）

  > 在句中，有時會直接將欲強調之狀態說明出來，但有時並不會；此時則需要仰賴前後文及當下之情況來判斷。

3. 「까지」之使用範圍較廣，可用於包含正面，或是負面內容之句子當中。

- 대통령까지 이 자리에 나오셨으니 정말 영광스럽습니다.
  就連總統也來到了這個現場，真的是榮幸之至。

- 당신까지 나를 배신할 거냐?
  連你都要背叛我嗎？

延伸補充：

1. 「까지」可與「이렇게」（如此）、「그렇게」（那麼）、「저렇게」（那麼）搭配使用，此時表示「超過合理、正常之程度」。

- 아니, 이렇게까지 할 필요가 있나요?
  不會吧？有必要做到這種程度嗎？

- 내가 도와준다고 하긴 했는데 그렇게까지는 못 할 것 같아.
  我是說了要幫你，但是好像沒辦法（幫）到那種程度。

2. 作為一使用頻率極高之補助詞，「까지」可與絕大多數助詞結合使用，且通常添加於其他助詞之後方；其中唯獨不與主格助詞「이/가」、受格助詞「을/를」等結合，而是直接以「取代」之方式使用。

- 제조업 부진이 서비스업에까지 영향을 미쳤습니다.
  製造業的蕭條甚至對服務業造成了影響。

  (「까지」在與「에」結合時，直接添加於其後方即可。)

- 너까지 내 생일 파티에 안 오는 거야?
  就連你都不來我的生日派對嗎？

  (此處之「너」（你）屬主語，後方原本可添加主格助詞「이/가」，但此時為表示極端之情形，所以以「까지」取代之。)

- 다음 주에 시험을 볼 건데 이것까지 모르면 어떡해요?
  下一週要考試了，連這個（問題）都不知道怎麼辦啊？

  (此處之「이것」（這個）屬受語，後方原本可添加受格助詞「을/를」，但此時為表示極端之情形，所以以「까지」取代之。)

3. 若動詞、形容詞、名詞이다所對應之行為、狀態、性質為添加、極端之情形，則可與具名詞化功能之「-기」結合作「-기까지 하다」後加以使用；惟此處「하다」之詞性需與「-기」前方之詞彙相同。

- 이 디자인이 예쁠 뿐만 아니라 환경에 좋기까지 하대요.
  聽說這個設計不僅僅是漂亮，甚至對環境好。

- 심지어 여행을 마치고 돌아오면 잠시 집이 낯설기까지 해요.
  甚至在旅行結束回來後，暫時（對）家（感到）陌生。

助詞結合實例：

1. 한테 + 까지

   - 그건 네 친구한테까지 얘기 못 하는 거야?
     那個是甚至連對你朋友都不能說的嗎？

2. 에 + 까지

   - 회사에까지 찾아오면 어떡합니까?
     怎麼可以甚至還找到公司來呢？

B1-8 조차

功　　能：表示強調在既有程度上之添加，同時為最基本的極端情形。

中文翻譯：甚至連……都、連……也、連……都

文法屬性：補助詞。

結合用例：

最後一字「有」收尾音	이름	이름조차
最後一字「無」收尾音	친구	친구조차

用　　法：

1. 表示最基本之極端情形；即在包含現有程度之情況下，藉提出最小限度之極端情形，以強調某狀態程度之甚。

   - 어떻게 이름조차 모르는 사람하고 같이 밥을 먹어요?
     怎麼（可以）和連名字都不知道的人一起吃飯呢？

     （此時雖仍存在不了解對方之指標，但藉提出「이름을 모르다」（不知道姓名）一最小限度之極端情形，強調對方行為之誇張；此時話者持有「知道名字是最基本的」一想法。）

   - 이제 친한 친구조차 너를 믿지 않아?
     現在就連要好的朋友都不相信你了嗎？

     （此時雖仍存在不相信對方的其他人，但藉提出「친한 친구가 믿지 않다」（要好的朋友不相信）一最小限度之極端情形，強調對方處境之可憐；此時話者持有「要好的朋友相信自己是當然的」一想法。）

   > 在句中有時會直接將欲強調之狀態說明出來，但有時並不會；此時則需要仰賴前後文及當下之情況作出判斷。

2. 由於強調該狀況無法滿足最基本之情形，因此「**조차**」較常與具負面性之內
容搭配使用。

- 요즘 너무 바빠서 밥 먹을 시간조차 없어요.
  最近因為太忙，甚至連吃飯的時間都沒有。

- 가족조차 그의 곁을 떠나 버렸어요.
  就連家人也離開了他（身旁）。

延伸補充：

1. 在使用「**조차**」時，常含有「出乎意料之外」、「無法預料、想像」、「與
期待不相符」等語感。

- 논문을 쓰는 사람이 어떻게 연구 방법조차 몰라요?
  寫論文的人怎麼會甚至連研究方法都不知道呢。

  （話者認為對寫論文的人來說，研究方法應該是最基本的學科，但對方
  卻出乎意料之外地不知道。）

- 해외 여행은 전에 상상조차 해 보지 못한 일이었어요.
  在之前，出國旅行是連想都沒有想過的事情。

  （話者直接在句中說明出國旅行是過去無法想像之事。）

- 결국 너조차 못 오는구나.
  最終，原來連你也來不了呢。

  （話者認為對方一定會來，但對方卻無法來，與話者所抱持之期待不相
  符。）

助詞結合實例：

1. 에서 + 조차

- 철수는 교실에서조차 잠만 자요.
  哲秀甚至連在教室也都只在睡覺（而已）。

2. 조차 + 도

- 내일 검사를 받아야 돼서 물조차도 못 마셔요.
  明天因為要接受檢查，甚至連水都不能夠喝。

B1-9 마저

功　　能：表示強調在既有程度上之添加，或為僅剩之最後一個情形。

中文翻譯：就連……都、連……也、甚至還……

文法屬性：補助詞。

結合用例：

最後一字「有」收尾音	바람	바람마저
最後一字「無」收尾音	친구	친구마저

用　　法：

1. 表示在既有程度上之添加；即不僅包含現有的程度，甚至存在其他程度更高之情形，用以強調某狀態程度之高。

- 돈도 없는데 길마저 잃어버렸으니 정말 막막하네요.
  因為沒錢甚至還迷了路，真的非常無助。

  （在既有之「돈이 없다」（沒有錢）一狀態下，尚存在「길을 잃어버렸다」（迷路了）一程度更高之情況；此時用來強調十分地無助。）

- 비가 하도 많이 와서 도로마저 침수되었어요.
  因為雨下得實在是太大了，就連道路都被淹沒了。

  （在既有之「비가 많이 오다」（雨下很大）一狀態下，尚存在「도로가 침수되었다」（道路被水淹沒）一程度更高之情況；此時用來強調雨勢極大。）

2. 表示身為「僅剩下的最後一個」之情形；即在包含現有程度之情況下，藉提出最後一個僅剩之情形，以強調某狀態程度之甚。

- 너마저 나를 의심하는구나.
  原來就連你都懷疑我呢。

  （此時每個人都懷疑話者，同時藉提出「너」（你）為最後一個僅剩下之情形，強調自己完全不被任何人信任；此時話者持有「就算別人都懷疑自己，對方一定會是最後剩下的一位肯相信自己的人」一想法。）

- 노인마저 전쟁에 동원되었습니다.
  甚至連老人都被動員參加戰爭。

  （此時較老人位於前面順位之人皆已參戰，同時藉提出「노인」（老人）為最後一個僅剩下之情形，強調戰爭動員範圍之廣；此時話者持有「就算戰爭動員國民，老人因戰力相對較弱一定會是最後一順位」一想法。）

  > 在句中，有時會直接將欲強調之狀態說明出來，但有時並不會；此時則需要仰賴前後文及當下之情況來判斷。

3. 「마저」主要與具負面性之內容搭配使用。

- 어렸을 때 부모님이 돌아가셨는데 작년에 자식마저 잃게 됐어요.
  在小的時候父母離世，在去年甚至還失去了子女。

- 날도 더운데 선풍기마저 고장이 났어요.
  天這麼熱，就連電風扇都壞了。

延伸補充：

1. 在使用「마저」時，常含有「期待落空」、「喪失一切」等語感。

- 결국 제 유일한 취미마저 뺏으려고요?
  終究連我唯一的嗜好也要奪走嗎？

  （話者以為對方會手下留情因而抱有期待，但事與願違，期待落空。）

- 하나밖에 안 남았는데, 그것마저 가져가다니.
  只剩下一個了，居然連那個都拿走了。

  （連僅剩之最後一個物品都被拿走，即喪失一切。）

指定與選擇

B2-1 만

功　　能：表示限定、侷限於前文，或最小限度之條件。

中文翻譯：只……、僅……

文法屬性：補助詞。

結合用例：

最後一字「有」收尾音	학생	학생만
最後一字「無」收尾音	학교	학교만

用　　法：

1. 表示限定、指定於某人、事、物，此時將狀況侷限於該人、事、物，同時排除其他可能之項目。

   • 사장님, 이 귤만 주세요.
     老闆，請只給我橘子（就好了）。
     （僅向老闆購買「귤」（橘子）一種類，排除其他水果。）

   • 요즘 고기만 먹어서 변비 증상이 심해요.
     最近由於只吃肉，便祕症狀很嚴重。
     （僅攝取「고기」（肉）一物，排除青菜等其他食物種類。）

2. 表示為了達到某狀態，所需之最小限度的條件；即達成該狀態十分容易，常用以說明程度之深。

- 나는 물만 마셔도 살이 찌는 체질이에요.
  我是（連）只喝水也會胖的體質。

  （達成「살이 찌다」（長胖）一狀況之最小限度條件為「물을 마시다」（喝水），更遑論其他食物，在此說明十分容易變胖。）

- 제 남동생은 입만 열면 거짓말을 해요.
  我的弟弟只要一張口就說謊。

  （達成「거짓말을 하다」（說謊）一狀況之最小限度條件為「입을 열다」（張開嘴），為最簡單且必須之動作，在此說明說謊成性。）

  > 作為此用法時，其最小限度之條件通常是較為極端之情形，因此亦常含有誇飾語氣。與此同時，常與表示條件或假設前提之「-(으)면」、表示承認、假設之「-아/어/여도」等句型搭配使用。

延伸補充：

1. 作為「限定、指定」用法時，亦可與「低限度之情形」結合使用；此時常使用於「懇求」、「給予讓步」、「減輕負擔」等目的。

- 제발 한 번만 봐 주세요. 다시는 안 그럴게요.
  求（您）放過我一次吧。我再也不會那樣了。

  （使用於「懇求」一目的；話者藉提出低限度之情形，降低聽者所需容忍之程度，以博取聽者之允許、答應。）

- 한 잔만 더 하고 일어나자. 알았지?
  再喝一杯就起來吧，知道了嗎？

  （使用於「給予讓步」一目的；話者藉提出低限度之情況，使其達到自己可容忍之範圍，並對聽者加以限制。）

- 개장 10주년이니까 100원만 내시면 됩니다.
  因為是開幕 10 週年，僅需要付 100 元就可以了。

  （使用於「減輕負擔」一目的；話者藉提出低限度之情形，降低聽者之
  負擔，使聽者願意進行動作。）

2. 「만」另可表示比較之對象，此時將位於前方之人、事、物視為比較基準，
   同時進行比較。若與「하다」結合作「만 하다」表示「如同……」；若與
   「못하다」結合作「만 못하다」則表示「不如……」。

   - 형만 한 아우 없다더니 그 말이 정말 맞네요.
     都說沒有如同哥哥一樣好的弟弟，這話真的很對呢。

     （此時將「형」（哥哥）視為一比較基準，並與「아우」（弟弟）一對
     象在各方面上進行比較。）

   - 이제 건강이 젊은 시절만 못하구나.
     現在健康不如年輕時了呢。

     （此時將「젊은 시절」（年輕時期）視為一比較基準，並與「이제」
     （現在）一時間在健康度上進行比較。）

3. 作為一使用頻率極高之補助詞，「만」可與絕大多數助詞結合使用，且通常
   添加於其他助詞之後方；其中唯獨不與主格助詞「이/가」、受格助詞「을/
   를」等結合，而是直接以「取代」之方式使用。

   - 회원님께서 갖고 계시는 쿠폰은 여기에서만 사용하실 수 있
     습니다.
     會員您所持有的折價券僅能在這裡使用。

     （「만」在與「에서」結合時，直接添加於其後方即可。）

   - 이번 대회에는 나만 가는 거야?
     這次比賽只有我去嗎？

     （此處之「나」（我）屬主語，後方原本可添加主格助詞「이/가」，但
     此時為表示指定，所以以「만」取代之。）

- 아침에 시간이 없을 때 빵하고 우유만 먹어요.
  早上沒有時間的時候只吃麵包和牛奶。

  （此處之「우유」（牛奶）屬受語，後方原本可添加受格助詞「을/를」，但此時為表示限定，所以以「만」取代之。）

4. 若欲對動詞、形容詞、名詞**이다**所對應之行為、狀態、性質加以限定、指定，則可與具名詞化功能之「-기」結合作「-기만 하다」後加以使用；惟此處「하다」之詞性需與前方之詞彙相同。

- 술에 취해서 먹기만 하면 토해요.
  因為酒醉所以一吃就吐。

- 예쁘기만 한 포장의 사용은 줄여야 합니다.
  應該減少使用僅僅只是漂亮（而並無其他功能）的包裝。

助詞結合實例：

1. (으)로 + 만

- 거기는 지하철역이 없어서 버스로만 갈 수 있어요.
  那裡因為沒有地鐵站，只能坐公車去。

2. 보다 + 만

- 내 남자친구의 키는 나보다만 크면 돼.
  我男朋友的身高只要比我高就可以了。

B2-2 밖에

功　　能：表示以排除前文之方式進行限定。

中文翻譯：除了……之外、只……而已

文法屬性：補助詞。

結合用例：

最後一字「有」收尾音	가족	가족밖에
最後一字「無」收尾音	학교	학교밖에

用　　法：

1. 表示將前文排除、屏除，以達成限定之目的。

- 믿을 수 있는 거, 정말 돈밖에 없네요.
  可以相信的東西，除了錢之外沒有（其他的）了呢。

  （對「없다」（沒有）來說，將「돈」（錢）一物予以排除，並敘述除其之外並無可信之物。）

- 이 책이 너무 어려워서 5페이지밖에 못 읽었어요.
  因為這本書真的太難了，只讀了 5 頁而已。

  （對「못 읽었다」（沒有讀完）來說，將「5페이지」（5頁）一物予以排除，並敘述除其之外並無讀完之處。）

2. 「밖에」不使用於肯定句，僅與具否定意義之用法搭配使用。

- 남은 음식이 이것밖에 안 돼?
  剩下的食物除了這些之外沒有別的了嗎？

- 어쩌지요? 지갑에는 100원밖에 없어요.
  應該怎麼辦呢？皮夾裡只剩下 100 元而已。

> 📖 可搭配使用之否定相關用法，常見的有：「없다」（無）、「안 되다」（不成）、「안」（不）、「-지 않다」（不）、「못」（無法）、「-지 못하다」（無法）、「모르다」（不知）。

延伸補充：

1. 由於是以排除前方名詞之方式進行限定、指定，同時搭配否定相關用法，因此「밖에」在語感上較為強烈，強調前文之「少量、不足」。

   - 이 책에서 제일 어려운 문제인데 넌 10분밖에 안 걸렸다고?
     這本書裡最難的題目，你説你僅僅花了 10 分鐘而已（就解題成功）？

   - 자, 기회는 한 번밖에 없습니다.
     來，機會僅只一次喔。

2. 「밖에」另常出現於與「-(으)ㄹ 수 없다」結合之「-(으)ㄹ 수밖에 없다」中，此句型為「只能……」、「只會……」之意，強調敍述結果出現之必然，或對其結果之無奈心理；前方可與動詞、形容詞、名詞이다結合。。

   - 막차 시간이 지나서 걸어갈 수밖에 없어요.
     因為末班車時間過了，只能用走的過去了。

   - 그렇게 많이 먹으니 뚱뚱해질 수밖에 없잖아요.
     吃那麼多，只能變胖了吧。

助詞結合實例：

1 밖에 + 은/는

   - 그 사람은 자기밖에는 모르는 사람이야.
     那個人是個只顧自己的人。

2. 에서 + 밖에

- 한정판 상품은 지정된 가게에서밖에 안 팝니다.
  限定版商品只在指定的商店販售。

B2-3 말고

功　　能：表示對前文之否定或排除。

中文翻譯：不要……、不是……、除了……以外

文法屬性：補助詞。

結合用例：

最後一字「有」收尾音	색깔	색깔말고
最後一字「無」收尾音	우리	우리말고

用　　法：

1. 表示否定某人、事、物；此時後方通常會對欲肯定之對象進行額外之說明。

- 거기말고 우리 이번엔 다른 데 갑시다.

  不要去那裡，我們這次去別的地方吧。

  （對「거기」（那裡）一地表示否定，同時說明「다른 데」（別的地方）為給予肯定之對象。）

- 저분말고 이분이 저의 지도 교수님이세요.

  不是那位，這位（才）是我的指導教授。

  （對「저분」（那位）一人表示否定，同時說明「이분」（這位）為給予肯定之對象。）

2. 表示排除某人、事、物，即「除……之外」之含意；此時根據前後文及當下之情況，以判斷所敘述之事實是否包含前方予以排除之對象。

- 너말고 이 비밀을 아는 사람은 더 있어?

  除了你以外，還有人知道這個祕密嗎？

  （此時「비밀을 아는 사람」（知曉祕密之人）一敘述中包含「너」（你）一人。）

- 철수는 공부말고 할 줄 아는 거 하나도 없어요.

  哲秀除了讀書以外，會做的事情一個都沒有。

  （此時「할 줄 아는 거 하나도 없다」（會做的事情一個都沒有）中並無包含「공부」（讀書）一事；即只會讀書而已。）

  > 📖 若與「더」（更加）、「또」（又）等具「添加」含義之詞彙搭配使用時，則該句整體所欲陳述之事實，範圍含括「말고」前方之內容。

延伸補充：

1. 「말고」屬口語用法，較不被用於書面撰寫、正式場合中；同時，作為否定某人、事、物之用法時，常用於需要指稱、選擇之情況，而非單純之敘述，也因此常用於對話中。

- 너말고 네 옆에 있는 사람 말이야.

  不是說你，而是說在你旁邊的人。

  （此時在與他人之對話中，用於指稱、指認對象。）

- 빨간색말고 주황색으로 보여 주시겠어요?

  不要紅色，能給我看一下橘色嗎？

  （此時在與他人之對話中，用於選擇、挑選物品。）

助詞結合實例：

1. 말고 + 은/는

- 스스로말고는 아무도 투표권을 빼앗지 못합니다.
  除了自己以外，誰也不能剝奪自己的投票權。

2. 말고 + 도

- 이것말고도 다른 신상품이 있습니다.
  除了這個也還有別的新商品。

B2-4 은/는커녕

功　　能：表示對前文之否定。

中文翻譯：別說……就連……、不僅沒……反而還……

文法屬性：補助詞，由「은/는」與「커녕」結合而成。

結合用例：

最後一字「有」收尾音	저축	저축은커녕
最後一字「無」收尾音	반지	반지는커녕

用　　法：

1. 表示否定某人、事、物，並緊接著在後方提出補充說明。

   - 제 친구는 공부는커녕 잠만 자요.
     我的朋友別說讀書了，就只是在睡覺。

   - 결혼은커녕 연애조차 해 본 적이 없어요.
     別說結婚，連戀愛都沒談過。

2. 位於後方之補充說明，根據性質之不同可分為「相反性之內容」及「更為基本之內容」。前者說明否定之對象與事實相反；後者則說明連更為基本之情形皆無法達成，遑論先前否定之對象。

   - 상은커녕 오히려 벌을 받았어요.
     別說獎賞了，反而還受到了懲罰。

     （位於後方之「벌을 받았다」（受了罰）一敘述內容，相對於「상」（獎賞）來說具相反性。）

B
補助詞

- 문법은커녕 심지어 발음도 제대로 못 하고 있는 학생이에요.
  別說是文法了，甚至是（個）連發音都發不好的學生。

  （位於後方之「발음을 제대로 못 하다」（發音發不好）一敘述內容，相對於「문법」（文法）來說屬更為基本，更容易達成之目標。）

> 📖 後方之補充敘述若為「相反性之內容」，常與副詞「오히려」（反而）、「도리어」（反而）一同使用；若為「更為基本之內容」，則常與副詞「심지어」（甚至）或「도」、「까지」、「조차」等助詞，以及否定相關用法搭配使用。

延伸補充：

1. 表示否定某人、事、物在使用「은/는커녕」時，經常伴隨著「事與願違」、「不滿」等負面之情緒或語感。

- 공금을 횡령한 직원이 징계는커녕 승진까지 했다고 들었습니다.
  聽說侵占公款的職員不僅沒有受到懲戒，反而還升遷了。

  （事件之結果不符合話者的期待，事與願違。）

- 선물은커녕 밥 한끼도 사 주지 않았어.
  別說是（送）禮物了，就連一頓飯都沒請。

  （現實狀況令話者感到不滿、不悅。）

2. 常使用於與他人之對話中，話者利用「은/는커녕」針對對方所提出之內容進行駁斥、反駁；且由於是以較強烈之語氣給予否定，因此必須謹慎使用。

- A: 밥 먹었어?
    吃飯了嗎？
  B: 밥은커녕 물 마실 시간도 없지.
    不要說（吃）飯了，就連喝水的時間都沒有呢。

  （在對話進行中，針對對方所說之內容進行駁斥，對其內容表示強烈否定。）

3. 若欲對動詞、形容詞所對應之行為、狀態加以否定，則可與具名詞化功能之
「-기」結合作「-기는커녕」後加以使用。

- 성적이 오르**기는커녕** 오히려 더 떨어졌네요.
  成績不僅沒有提升，反而還下降了呢。

- 이 약은 몸에 좋**기는커녕** 임상 시험조차 거치지 않았어요.
  這個藥不要說對身體好了，就連臨床試驗都沒有經過。

B2-5 (이)든지

功　　能：列舉兩個以上之名詞，且無論選擇為何皆沒有差別。

中文翻譯：不管是……還是……、……也好……也好

文法屬性：補助詞。

結合用例：

最後一字「有」收尾音	무엇	무엇이든지
最後一字「無」收尾音	사과	사과든지

用　　法：

1. 列舉出兩個以上之名詞，且同時無論在其中之選擇為何，皆對位於後方之說明或實際結果沒有影響、無妨。

   - 밥이든지 면이든지 먹을 수 있으면 되지요.
     不管是飯還是麵，能吃就行了吧。

   - 이 영화든지 저 영화든지 아무거나 보고 싶어요.
     這部電影也好，那部電影也好，想隨便看個（電影）。

2. 利用「(이)든지」所列舉出之項目，並非毫無經過選擇地提出；這些名詞通常隸屬於相同之類別，並在其中做出選擇。

   - 휴지든지 걸레든지 좀 빌려 줘라.
     衛生紙也好，抹布也好，借我一下。

     （「휴지」（衛生紙）、「걸레」（抹布）皆為可擦拭髒污之物；此時聽者可在其中做出選擇，其選擇為何皆對實際結果沒有影響。）

- 과제든지 시험 준비든지 빨리 네 할 일이나 해.

  作業也好，準備考試也好，快點做你該做的事。

  （「과제」（作業）、「시험 준비」（考試準備）皆為聽者應做之事；
  此時聽者可在其中做出選擇，其選擇為何皆無妨。）

3. 常與不定代名詞，或與具「無特別指定」意義之疑問詞結合使用。此時則表示在對應於該詞彙之集合範圍中，無論選擇任一人、事、物皆無影響、無妨。

- 필요하신 거 있으면 뭐든지 가져 가셔도 돼요.

  有什麼需要的東西的話，不管是什麼都可以拿去。

  （表示在對應於「뭐」（什麼）之範圍中，無論任何物品都沒有關係。）

- 무슨 일이든지 잘할 자신이 있습니다.

  不管什麼事都有信心能做好。

  （表示在對應於「무슨 일」（什麼事情）之範圍中，無論任何事情都沒有差別，都能夠做好。）

> 常見的不定代名詞有：「언제」（何時）、「어디」（何處）、「누구」（誰）、「뭐」（什麼）、「무엇」（什麼）；具「無特別指定」意義之疑問詞，常見的則有：「무슨」（什麼）、「어떤」（怎麼樣）、「어느」（哪一）。

延伸補充：

1. 在實際使用時，常會將「지」予以省略，作「(이)든」。

- 어느 방법이든 그 나름의 장단점이 있게 마련입니다.

  不論任何方法，都一定會有自己的優缺點。

- 내가 어떻게든 구해 줄 테니까 조금만 더 참아.

  我無論如何都會救（你）的，再忍耐一下就好。

2. 相較於否定句，「(이)든지」更常與肯定句搭配使用。

- 나는 뭐든지 다 잘 먹으니까 아무거나 사 와.
  我不管什麼都很能吃，就隨便買來吧。

- 궁금하신 게 있으면 언제든지 저한테 물어 보세요.
  如果您有任何問題的話，請隨時問我。

助詞結合實例：

1. (으)로 + (이)든지

- 시간이 없는데 어느 길로든지 빨리 가 주세요.
  沒有時間了，不管走哪條路都好，請快點走。

2. 에 + (이)든지

- 어떤 경우에든지 화를 내거나 누구를 탓하거나 하지 않아요.
  不論在任何情況下，都不會生氣或責怪別人。

B2-6 (이)라든가

功　　能：舉出例子，同時無論選擇為何皆無差別。

中文翻譯：……之類的、像是……之類的、╳

文法屬性：補助詞。

結合用例：

最後一字「有」收尾音	계란	계란이라든가
最後一字「無」收尾音	고기	고기라든가

用　　法：

1. 列舉例子，且同時無論選擇為何，皆對位於後方之說明或實際結果沒有影響、無妨。

    - 세제라든가 휴지 같은 일상용품을 사 가면 돼요.
      可以買像是洗衣粉、衛生紙之類的日常用品去就可以了。

    - 매니저라든가 사장이라든가 누가 좀 와서 사과해야 할 것
      같은데요.
      不管是經理還是社長老闆，好像應該要有人來道歉吧。

2. 由於利用「(이)라든가」所列舉出之項目，僅是屬同類別中之部分例子，因此在選擇時，並非僅能在列舉出之項目中做出選擇，該類別中未提及之項目亦為選項之一。

    - 커피라든가 차라든가 카페인이 들어간 음료수 좀 드세요.
      咖啡還是茶之類的，請喝點含有咖啡因的飲料。
      （可在「커피」（咖啡）、「차」（茶），或是含有咖啡因之其他飲料中做選擇。）

- 저 사람 누구야? 애인이라든가 친구라든가 얘기를 해야 알지.
  那個人是誰啊？是戀人還是朋友之類的，（你）要講（我）才能知道啊。
  （可在「애인」（戀人）、「친구」（朋友），或是其他關係中選擇回答。）

3. 「(이)라든가」亦可單純地用以表示舉例。此時並不需要在其中做出選擇，僅是將名詞列舉出並加以敘述；且若有兩個以上之名詞，這些名詞通常隸屬於相同之類別。

- 요거트라든가 계란 같은 음식이 다이어트에 좋다고 들었어요.
  聽説像是優格、雞蛋之類的食物對減重很好。
  （「요거트」（優格）和「계란」（雞蛋）兩名詞在此時皆是對減重有幫助之物，屬相同類別。）

- 어르신들은 갈색이라든가 회색처럼 어두운 색깔을 선호합니다.
  老年人偏好像是棕色、灰色那樣黯淡的顏色。
  （「갈색」（棕色）和「회색」（灰色）兩名詞在此時皆是暗沉之顏色，屬相同類別。）

延伸補充：

1. 由於是舉例，因此「(이)라든가」後方常與具「統整、歸納」意義之詞彙、表現搭配使用，使句子之意義得以完整。

- 나는 돈이라든가 권력이라든가 하는 것에 연연하지 않습니다.
  我不迷戀於金錢、權力那些東西。

- 대학교 때 제2외국어라든가 뭐 그런 특기를 하나 배우는 게 좋지요.
  大學的時候，學一個像是第 2 外語之類的專長（總）是好的吧。

  > 具統整、歸納意義之表現，常見的有：「이런」（這樣的）、「그런」（那樣的）、「저런」（那樣的）、「같은」（像是……的……）。

2. 屬較為口語、不正式之用法，通常不被用於書面撰寫、正式場合中。

- 철수가 받은 상이 인기상이라든가 참가상이라든가.
  哲秀獲得的獎項是人氣獎還是參加獎什麼的。

- 친구가 먹고 싶어하는 음식이라든가 아니면 보고 싶어하는 영화는 있어?
  朋友有想吃的食物之類的，或者是想看的電影嗎？

B2-7 (이)나³

功　　能：表示前文並非最佳之選擇，但為仍可被接受之眾多選項之一。

中文翻譯：來……個……、✕

文法屬性：補助詞。

結合用例：

最後一字「有」收尾音	저녁	저녁이나
最後一字「無」收尾音	커피	커피나

用　　法：

1. 表示提及之人、事、物雖並非最佳之選擇，但仍可被接受。

- 마침 시간도 있는데 우리 커피나 한잔할까요?
  剛好也有點時間，我們要不要來喝杯咖啡呢？

  （話者此時並未有心目中之最佳選項，僅認為一起從事「커피를 한잔하다」（喝杯咖啡）一事是不差的邀約藉口。）

- 네가 상관할 일이 아니니까 밥이나 먹고 있어.
  不關你的事，你（還是）吃你的飯吧。

  （話者此時並未有心目中之最佳選項，僅認為對方繼續從事「밥을 먹다」（吃飯）一事是不影響自己之行為。）

2. 話者提及之人、事、物，往往僅是在眾多可接受之選項其中，隨意挑選出來之一個而已；同時，在其中做出任何選擇皆無影響、差別。

- 너 할 일 없는 것 같은데 일단 숙제나 하는 게 어때?
  你好像沒事可做的樣子呢，先做個作業如何？

  （此時對方尚有許多可以用來填補空閒的事，話者在其中隨意挑選出一可接受之選項。）

- 글쎄요. 딱히 좋은 생각은 없네요. 이번 장기 자랑에서 춤이나 출까요?
  這個嘛，沒什麼特別好的想法呢。要不要在這次才藝表演中跳個舞啊？

  （此時尚有其他可在才藝表演中展現之技能，話者在其中隨意挑選出一可接受之選項。）

3. 當「(이)나」用於邀請、提議時，常帶有「輕鬆、不經意」之語感；且由於僅是將可接受之其中一選項隨意地提出，因此可不必將焦點放置於被提出之選項，而是置於該邀約、提議本身。

- 오랜만에 만났으니 술이나 한잔합시다.
  好久不見了，來喝杯酒吧！

  （此時將焦點置於「邀請」，同時含有不刻意之語氣；對方在認知到此事時後可進一步決定如何敘舊。）

- 출출한데 우리 과자나 먹을까?
  有點餓呢，我們要不要來吃個餅乾啊？

  （此時將焦點置於「提議」，同時含有輕鬆之語氣；對方在認知到此事實後可進一步討論該如何化解飢餓感。）

4. 除邀請、提議之情況外，使用「(이)나」常伴隨著「輕視」、「否定」等負面性語氣。

- 이번 겨울 방학에는 해외 여행이나 갈까 해.
  想在這次寒假去個國外旅行。

  （「해외 여행」（國外旅行）在此時為從眾多「非最佳選項」當中，隨意挑選一個對自己來說沒有什麼差別之休閒活動；此時表示輕視，覺得此選項並沒有什麼大不了。）

- 당신은 그냥 하던 일이나 하시지요.
  你就繼續做你的事情就好了吧。

  （「하던 일을 하다」（繼續做尚未完成之事）在此時為從眾多選項中，隨意挑選一個不會影響到自己之事情；此時表示否定，叫對方不要管太多。）

延伸補充：

1. 「(이)나」另可用來列舉兩個以上之名詞，且所列舉之所有名詞皆包含於後方之敘述內。

- 제 친구는 농구나 야구나 모두 잘해요.
  我的朋友不管是籃球還是棒球都很擅長。

- 주말이라 그런지 백화점이나 쇼핑몰이나 다 사람으로 붐빕니다.
  不知道是不是因為是週末，不管是百貨商店還是購物中心都擠滿了人。

2. 「(이)나」若與不定代名詞搭配使用，則表示包含對應於該詞彙之集合範圍中之全部對象，且無一例外。

- 이것은 아무나 할 수 있는 일이 아니야.
  這並非每個人都能做到的（事）。

- 나는 죽을 때까지 언제나 변함없이 너를 기다릴게.
  我直到死前都會無時無刻、一如既往地等著你的。

> 可與之搭配之不定代名詞，常見的有：「언제」（何時）、「어디」（何處）、「누구」（誰）、「뭐」（什麼）、「무엇」（什麼）、「아무」（任何）。

3. 若動詞所對應之行為是不滿意卻仍可接受之次佳選項，則可與具名詞化功能之「-기」結合作「-기나 하다」後加以使用。

- 쓸데없는 소리 하지 말고 빨리 가서 자기나 해.
  別說廢話，趕快去睡覺吧。

- 내 마음 알기나 하는 거야?
  （你）了解我的心嗎？

助詞結合實例：

1. 에 + (이)나

- 금요일에 배송이 시작해서 월요일에나 도착할 줄 알았는데요.
  因為週五開始配送，以為週一才會到呢。

2. (으)로 + (이)나

- 지금은 아무 데로나 떠나고 싶은 기분이야.
  現在是想隨便找個地方去的心情。

B2-8 (이)라도

功　　能：表示前文雖不是令人十分滿意之選項，但尚可被接受。

中文翻譯：哪怕是……也好、即使……也……、╳

文法屬性：補助詞。

結合用例：

最後一字「有」收尾音	여행	여행이라도
最後一字「無」收尾音	우유	우유라도

用　　法：

1. 表示提及之內容雖不為令人十分滿意之選項，但在逼不得已得做出選擇之情況下，該項目仍可被接受。

   • 밖이 추운데 긴팔이라도 입고 나가지.
     外面很冷，哪怕是穿個長袖出去也好吧。
     （表示「긴팔」（長袖）仍嫌不足，不令話者滿意，但在非得做出選擇不可之情況下仍可將就。）

   • 아무리 시간이 없어도 우유라도 사 먹어야 돼요.
     就算再怎麼忙，即使是牛奶也要買來喝。
     （表示「우유」（牛奶）仍嫌過少，不令話者滿意，但在非得做出選擇不可之情況下仍可將就。）

2. 在使用「(이)라도」時，常伴隨著「退而求其次」、「讓步」之語感。

- 다른 직원들이 다 못 나오니까 너라도 와서 좀 도와 줄래?
  其他職員都無法來，你能過來幫一下忙嗎？

  （表示「너」（你）並非一令人十分滿意之內容，同時表達話者自身之將就、退而求其次。）

- 라테가 없으면 아메리카노라도 드시겠어요?
  沒有拿鐵的話，美式咖啡也喝嗎？

  （表示「아메리카노」（美式咖啡）並非一令人十分滿意之內容，同時請求聽者之將就、讓步。）

3. 若與包含「最低限度」意義之表現搭配使用，此時則具有強調之功能，可加強句中原先所包含之語氣。

- 너무 부담스러우시면 이 작은 선물이라도 받아 주세요.
  如果太有負擔的話，哪怕是這個小禮物也請您收下。

  （藉「작은 선물」（小禮物）一最低限度之物品，加強要求對方收下禮物之懇求。）

- 이번에는 한 문제라도 틀리면 합격 못 한대.
  聽說這次哪怕只是錯一題，就無法及格了。

  （藉「한 문제」（一個題目）一最低限度之錯誤，強調分數計算之嚴格。）

- 현실을 잠시라도 떠나 있었으면 좋겠어요.
  哪怕是一下子也好，真希望可以離開現實。

  （藉「잠시」（暫時）一最低限度之時間，強調逃離現實的渴望。）

  > 📖 包含最低限度意義之表現，常見的有：「잠시」（暫時）、「잠
  > 깐」（片刻）、「하나」（一）、「조금」（稍微）、「금방」
  > （馬上）、「혹시」（萬一）。

延伸補充：

1. 「(이)라도」亦可與「極端之對象」結合使用，此時用以表示對某程度之深的強調。

- 이 쉬운 일은 나라도 할 수 있어.
  這簡單的事情就連我都能做。

  （此時的「나」（我）為一做事能力差之極端對象，藉極端對象襯出事情之容易。）

- 아무리 바보라도 이 기본적인 것을 모를 리가 없지요.
  不管再怎麼笨（的笨蛋），也不可能不知道這基本的東西吧。

  （此時的「바보」（笨蛋）為愚笨之極端對象，藉極端對象襯出該物事物之基本。）

2. 常與不定代名詞，或與具「無特別指定」意義之疑問詞結合使用。此時則表示在對應於該詞彙之集合範圍中，無論選擇任一人、事、物皆無影響、無妨。

- 누구라도 좋으니까 제발 대답을 좀 해 주세요.
  不管是誰都好，請回答我一下。

  （表示在對應於「누구」（誰）之範圍中，無論任何人都沒有關係。）

- 그 어떤 경우라도 폭력으로 해결해서는 안 됩니다.
  在任何情況下都不能用暴力解決（事情）。

  （表示在對應於「어떤 경우」（什麼樣的情況）之範圍中，無論任何情況都沒有差別，都不能夠使用暴力。）

> 📖 常見的不定代名詞有：「언제」（何時）、「어디」（何處）、「누구」（誰）、「뭐」（什麼）、「무엇」（什麼）、「아무」（任何）；具「無特別指定」意義之疑問詞，常見的則有：「무슨」（什麼）、「어떤」（怎麼樣）、「어느」（哪一）。

3. 「(이)라도」另可用於對不確定之事表示懷疑、質疑。

- 너 설마 술이라도 마셨어? 그래서 사고 친 거야?
  你該不會喝了酒吧？所以闖禍了？

- 내가 뭐 나쁜 짓이라도 했나?
  我難道做了什麼壞事了嗎？

助詞結合實例：

1. 부터 + (이)라도

- 지금부터라도 시작하면 늦지는 않았습니다.
  就算從現在開始的話還不算晚。

2. 만 + (이)라도

- 조금만이라도 자신감을 가졌으면 좋겠어요.
  哪怕是一點點也好，希望能有自信一些。

B2-9 (이)나마

功　　能：表示前文雖為不滿意之情形，但不得不接受、讓步。

中文翻譯：雖然僅是……但……、╳

文法屬性：補助詞。

結合用例：

最後一字「有」收尾音	조금	조금이나마
最後一字「無」收尾音	잠시	잠시나마

用　　法：

1. 表示所提及之內容雖然令人不滿意或有所不足，但礙於現況不得不接受或予以讓步。

- 내일 바로 출발해야 하는데 입석이나마 표를 구해서 다행이에요.
  明天就要出發了，雖然僅是站票，但買到票真的是萬幸。
  （此時話者對「입석」（站票）一情形雖不滿意，但因為太晚購票，本來就沒有什麼好選擇之情況下，不得不接受。）

- 무더위 속에 소나기가 내려 잠시나마 시원해졌어요.
  在酷暑中因為下起了雷陣雨，雖然只是暫時，但是變涼了。
  （此時話者對「잠시」（暫時）一情形雖不滿意，但因在不能改變事情之情況下，不得不予以讓步。）

2. 由於表達對某情形感到不滿意，因此位於「(이)나마」前方之內容通常為具
   負面意義，或在程度上較為不足之詞彙、表現。

   - 반찬 다 떨어졌어요? 배가 너무 고픈데 찬밥이나마 있으면
     주세요.
     小菜都沒了？肚子實在是太餓了，就算只有剩飯也請給我。
     （此時之「찬밥」（剩飯）為本身具負面含義之詞彙。）

   - 사장님께서 빌려 주신 돈은 조금씩이나마 갚아 나가도록 하
     겠습니다.
     老闆（您）借我的錢，即使只有一點，我也會一直慢慢地還下去。
     （此時之「조금씩」（一點一點地）為在程度上較為不足、緩慢之詞
     彙。）

   > 📖 在程度上較為不足之詞彙，常見有：「잠시」（暫時）、「잠
   > 간」（一下子）、「조금」（一點）、「조금씩」（一點一點
   > 地）、「며칠」（幾天）、「한때」（一度）。

3. 在使用「(이)나마」時，常伴隨著「萬幸」、「知足」等語感。

   - 먹고 살기조차 힘든 타이베이에서 좁은 아파트나마 있어서
     다행이네요.
     在連生活都困難的臺北，雖然僅是狹窄的公寓，但也真是萬幸了呢。
     （表示在沒有能力改變現況之情況下，「좁은 아파트」（狹窄的公寓）
     為一令人不滿意之內容，但同時表達萬幸。）

   - 짧은 시간이나마 너와 함께 있어서 참 행복했어.
     雖然僅是短短的時間，但是能和你在一起真的很幸福。
     （表示在分開已成定局之情況下，「짧은 시간」（短暫的時間）為一令
     人不滿意之內容，但同時表達知足。）

B3 ┃ 其他

B3-1 부터

功　　能：表示前文為時間、範圍之起始，或首要之順序。

中文翻譯：從……開始、先從……開始

文法屬性：補助詞。

結合用例：

最後一字「有」收尾音	지금	지금부터
最後一字「無」收尾音	여기	여기부터

用　　法：

1. 表示所提及之內容為動作進行、狀態發生、屬性具備之起始時間。

- 아버지가 내일부터 담배를 끊겠다고 약속을 했습니다.
  爸爸（跟我）約定好了，說從明天開始要戒菸。
  （表示「내일」（明天）為「담배를 끊다」（戒菸）一動作進行之開始時間。）

- 둘이 언제부터 이렇게 친했어?
  兩個人從什麼時候開始這麼熟的啊？
  （表示「언제」（何時）為「친하다」（要好）一狀態發生之起始時間。）

- 다음 주부터 방학인데 무슨 특별한 계획이 있어요?

  從下週開始就是放假了呢，有什麼特別的計畫嗎？

  （表示「다음 주」（下週）為「방학이다」（是放假）一屬性具備之起始時間。）

2. 表示所提及之內容為敘述內容中人、事、物範圍之起始處。

- 숙제는 다 틀렸으니까 처음부터 다시 해 봐요.

  作業全部都錯了，請從頭再做做看。

  （表示敘述對象「題目」之起始處。）

- 1쪽부터 89쪽까지의 내용은 모두 시험 범위예요.

  從第 1 頁到第 89 頁的內容，全都是考試範圍。

  （表示敘述對象「課本頁數」之起始處。）

3. 表示首要、首先之順序。

- 업무 보고는 1팀부터 하도록 하세요.

  業務報告請從第 1 組開始（進行）。

  （在組別中之「1팀」（第1組）為報告進行組別順序之首。）

- 할 일이 태산인데 뭐부터 처리해야 될지 모르겠어.

  要做的事跟山一樣多，不知道要先從什麼開始處理起。

  （在事情中之「뭐」（什麼）為事情處理順序之首。）

延伸補充：

1. 在作為表示首要順序之功能時，位於「**부터**」前方之內容常具有高度之重要性，或為最基本、基礎之項目。

- 앞으로 결정을 내릴 때 너 자신부터 고려하는 게 어때?

  往後下決定的時候，先考慮你自己如何？

  （此時表達「너 자신」（你自己）一內容之重要度極高，因而為優先考量之項目。）

- 연구를 잘 하려면 자료 수집부터 배워 하는 거 아닙니까?
  想做好研究的話，不是應該先從資料蒐集開始學習嗎？

  （此時表達「자료 수집」（資料蒐集）一內容為做研究之基礎，因此需要優先學習。）

助詞結合實例：

1. 에서 + 부터

- 타이베이에서부터 가오슝까지 기차로 5시간 정도 걸립니다.
  從臺北到高雄坐火車大約花費 5 小時。

2. 부터 + 이/가

- 지금부터가 시작이니 한번 기대하시지요.
  從現在起才是開始，期待看看吧。

B3-2 까지²

功　　能：表示前文為時間、範圍之結束，或動作之終止點。

中文翻譯：到……、到……為止

文法屬性：補助詞。

結合用例：

最後一字「有」收尾音	지금	지금까지
最後一字「無」收尾音	여기	여기까지

用　　法：

1. 表示所提及之內容為動作進行、狀態發生、屬性具備之結束時間。

- 도대체 언제까지 네 눈치 보고 살아야 되는 거니?
  到底要看你的臉色（活）到什麼時候啊？

  （表示「언제」（何時）為「네 눈치 보고 살다」（看你的臉色過日子）一動作進行之結束時間。）

- 이번 주말까지 전국적으로 대체로 맑겠습니다.
  到本週末為止，全國大致上都會是晴朗的。

  （表示「이번 주말」（這個週末）為「맑다」（晴朗）一狀態發生之結束時間。）

- 12시부터 1시까지, 1시간 동안은 점심 시간이니까 밥 먹고 오세요.
  12 點到 1 點（這）1 小時期間是午餐時間，請（去）吃完飯再來吧。

  （表示「1시」（1點）為「점심 시간이다」（是午餐時間）一屬性具備之結束時間。）

2. 表示所提及之內容為敍述內容中人、事、物範圍之終止處。

- 서울에서 부산까지 KTX로는 3시간이 걸립니다.
  從首爾到釜山搭 KTX（韓國高鐵）需要 3 個小時。

  （表示敍述對象「區間」之終止處。）

- 이 빨간색 옷부터 저 파란색 치마까지 다 주세요.
  從這件紅色衣服到那件藍色裙子為止，請全部都給我（包起來）。

  （表示敍述對象「購買品項」之終止處。）

3. 表示動作之終止點，通常與「가다」（去）、「오다」（來）等移動動詞搭配使用。

- 버스를 안 타고 학교까지 걸어갔다고요?
  （你）説（你）沒坐公車，用走的到學校？

- 여기까지 지하철을 타고 왔어요.
  坐地鐵到這裡來的。

助詞結合實例：

1. 까지 + 은/는

- 머리는 아프지만 그래도 아직까지는 참을 만해요.
  雖然頭很痛，但到目前為止還是可以忍受的。

2. 까지 + 만

- 오늘의 수업은 여기까지만 할게요. 수고하셨습니다.
  今天的課就只上到這裡吧，辛苦了。

B3-3 대로

功　　能：表示前文為依循之準則、根據，或符合、按照之對象。

中文翻譯：按照……、如同……

文法屬性：補助詞。

結合用例：

最後一字「有」收尾音	마음	마음대로
最後一字「無」收尾音	지시	지시대로

用　　法：

1. 表示以某事物作為遵從之準則、依循之根據，並以其為行事之方式；此時常與具標準性、規範性之詞彙搭配使用。

- 여기 보이시는 이 순서대로 발표를 진행하도록 하겠습니다.
  請按照這裡看到的這個順序進行發表。

  （表示「보이시는 이 순서」（看到的這個順序）為進行「발표를 진행하다」（進行發表）一動作時所遵從之準則。）

- 그날에 도대체 무슨 일이 벌어졌는지 사실대로 말해 주세요.
  那天到底發生了什麼事情，請如實告訴我。

  （表示「사실」（事實）為進行「말해 주다」（跟我說）一動作時所依循之根據。）

> 📖 具標準性、規範性之詞彙，常見有：「사실」（事實）、「지실」（真實）、「방식」（方式）、「방법」（方法）、「법」（法）、「규칙」（規則）、「순서」（順序）、「차례」（次序）、「지시」（指示）、「계획」（計畫）。

2. 表示符合某話語、想法等與認知相關之內容，或按照其進行動作。

- 교수님 말씀대로 제가 아무래도 이리 쉽게 포기하면 안 될 것 같습니다.

  正如教授所說，不管如何我似乎都不能就這麼輕易放棄。

  （表示後方所敘之內容與「교수님 말씀」（教授的話）相符。）

- 모든 일이 마음대로 된다면 얼마나 좋을까요?

  如果全部的事都能符合內心想法，那該有多好啊？

  （表示所敘之內容按照「마음」（內心想法）進行。）

> 與話語、認知相關之詞彙，常見有：「말」（話語）、「말씀」（話語）、「속담」（俗諺）、「생각」（想法）、「마음」（內心想法）、「감각」（感覺）、「느낌」（感受）、「예상」（預計）。

延伸補充：

1. 「대로」另可用來作區分、區別，表示所提及之人、事、物與其他互不干涉、毫無相關、各自獨立；此時常以「名詞은/는 名詞대로」之方式呈現。

- 사람은 자기 나름대로 생각과 느낌을 가지고 살아갑니다.

  人（都是）帶著各自的想法和感覺生活。

  （說明「사람」（人）的「생각」（想法）、「느낌」（感覺）各有不同；此時的「나름」（各自）一詞本身即具備「各自、各有各的」之含義。）

- 밥은 밥대로, 디저트는 디저트대로 들어갈 배가 따로 있어요.

  飯是飯，甜點是甜點，有各自進去的胃。

  （說明對應於「밥」（飯）與「디저트」（甜點）的胃各自獨立且不相干。）

助詞結合實例：

1. 대로 + 은/는

   - 우리 나라의 교육, 이대로는 정말 안되겠어요.
     我們國家的教育，照這樣下去真的是不行。

2. 대로 + 만

   - 딴 생각을 하지 말고 진실대로만 고하면 돼.
     別胡思亂想，實話實說就行了。

B3-4 마다

功　　能：表示包含前文所述之各個對象，或一定之間隔。

中文翻譯：每……都、每……

文法屬性：補助詞。

結合用例：

最後一字「有」收尾音	학생	학생마다
最後一字「無」收尾音	학교	학교마다

用　　法：

1. 表示每一個於前文敘述之個別對象，皆包含於後方之敘述中；即每一個對象皆是如此。

- 그 사람과 헤어진 후, 밤마다 방에서 혼자 울었어요.
  和那個人分手後，每天晚上都在房間裡一個人哭。

  （表示「방에서 혼자 울다」（在房間裡一個人哭）一敘述所適用之對象為每一個「밤」（晚上）。）

- 나라마다 그 국가를 상징하는 국기가 있어요.
  每個國家都有象徵那個國家的國旗。

  （表示「그 국가를 상징하는 국기가 있다」（有象徵那個國家的國旗）一事實所適用之對象為每一個「나라」（國家）。）

2. 表示於某一指定間隔之基礎上，相似之動作、狀態反覆進行、發生；此時常與時間、距離相關之詞彙搭配使用。

- 이 버스는 30분마다 우리 학교에서 출발합니다.
  這公車每 30 分鐘從我們學校出發。

  （此時以「30분」（30分鐘）為時間之間隔，公車持續不斷地運行、出發。）

- 터널 안에서는 500미터마다 환기설비가 설치되어 있습니다.
  在隧道內，每 500 公尺設置著一個通風設備。

  （此時以「500미터」（500公尺）為距離之間隔，數個通風設備被安裝於隧道內。）

延伸補充：

1. 在安排人、事、物時常使用「마다」，此時表示以「마다」前方之名詞為單位進行分配、劃分。

- 조별 과제이니까 두 사람마다 종이 1장씩 받아 가세요.
  由於是分組作業，請每兩個人拿 1 張紙走。

  （以「두 사람」（兩個人）為一單位進行「종이」（紙）之分派。）

- 한국어능력시험 실시 때 교실마다 선생님 두 명씩 배치됩니다.
  韓國語文能力測驗（TOPIK）實施時，每間教室都被安排了兩位老師。

  （以「교실」（教室）為一單位進行「선생님」（老師）之分派。）

2. 實際使用「마다」時，伴隨著「各自具備不同之特色」及「任何對象皆無區別」兩語感，此時則需要仰賴前後文及當下之情況作出判斷。

- 사람마다 일을 처리하는 방식이 다릅니다.
  每個人處理事情的方式都不一樣。

  （此時強調在「處理事情」一事情上，每個人各自具備不同之特色，同時各自獨立。）

- 대만에서는 집집마다 오토바이가 있어요.

  在臺灣，家家戶戶都有機車。

  （此時強調每個家庭在「擁有機車」一事情上，任何家庭皆無區別，每個都相同。）

B3-5 치고

功　　能：表示前文所述內容之毫無例外，或為一典型基準。

中文翻譯：就……來說、以……來說

文法屬性：補助詞。

結合用例：

最後一字「有」收尾音	학생	학생치고
最後一字「無」收尾音	날씨	날씨치고

用　　法：

1. 表示包含於前文敘述之所有、整體對象，皆毫無例外地與後文敘述中之內容相符；此時通常僅能與否定文、反問相關表現搭配使用。

- 여기에서 파는 티셔츠치고 비싸지 않은 거 없어요.

  就這裡賣的 T 恤來說，沒有不貴的。

  （表示所有、全部的「여기에서 파는 티셔츠」（這裡賣的T恤），毫無例外地符合「비싸지 않은 거 없다」（沒有不貴的）一敘述；此時搭配「否定文」使用。）

- 사람치고 돈을 싫어하는 사람이 있겠어?

  就人來說，哪裡有討厭錢的人？

  （表示所有、全部的「사람」（人），毫無例外地符合「돈을 싫어하는 사람이 없다」（沒有討厭錢的人）一敘述；此時搭配「反問相關表現」使用。）

> 📖 可搭配使用之否定文、反問相關表現，常見的有：「없다」（無）、「안」（不）、「-지 않다」（不）、「못」（無法）、「-지 못하다」（無法）、「-겠-?」（哪裡會）。

2. 表示將一對象之典型特徵當作基準，接著對某人、事、物進行評斷、判斷；而對其之評斷為與前述典型特徵不同之例外，或程度並未達到一般標準。

- 제임스는 외국인치고 한국말을 굉장히 잘하네요.
  就外國人來說，詹姆士韓語說得非常好呢。

  （「외국인」（外國人）之典型特徵應為「不擅長韓語」，此時將其當作基準，說明「제임스」（詹姆士）算是例外，很擅長韓語。）

- 오늘의 날씨는 겨울 날씨치고 따뜻한 편이에요.
  今天的天氣以冬天的天氣來說，算是溫暖的。

  （「겨울 날씨」（冬天的天氣）之典型特徵應為「很冷」，此時將其當作基準，說明「오늘의 날씨」（今天的天氣）並未達到一般標準，並不會太冷。）

  > 由於是藉著與典型基準間之比較所得出之評斷，因此對其之評斷為僅在「比較當下」時的特性，並非「本質上」之評斷；即若是不進行比較，僅論當下之感受、狀態時，所得出之評斷有可能不相同。

3. 屬口語用法，通常較不被用於書面撰寫、正式場合中。

- 아이치고 약을 좋아하는 애는 없지요.
  就小孩來說，沒有喜歡吃藥的小孩吧。

- 내가 만든 음식치고 맛있는 거야.
  就我做的菜來說是很好吃的。

延伸補充：

1. 「치고」常與「는」結合作「치고는」，此時在意義上並無差別，僅在語感上有些許之強調。

- 30대 초반의 나이치고는 동안이야.
  以 30 歲出頭的年紀來說，是童顏（沒錯）。

- 여기의 술값은 강남역 근처치고는 비싸지 않아요.
  這裡的酒錢就江南站附近來說，是不貴（啦）。

B3-6 따라

功　　能：表示與平日不同地於前文所述之時間發生某情況。

中文翻譯：……特別、……尤其

文法屬性：補助詞。

結合用例：

最後一字「有」收尾音	오늘	오늘따라
最後一字「無」收尾音	어제	어제따라

用　　法：

1. 表示不同於平日，僅在前文所述之時間發生某情況，同時往往含有「湊巧、沒有理由地」之語感；僅與特定之部分時間名詞搭配使用，且通常不被使用於未來時間。

   - 오늘따라 돌아가신 할머니를 보고 싶어요.
     今天尤其想念去世的奶奶。

     （表示不同於平時，沒有理由地就僅在「오늘」（今天）一時間發生「돌아가신 할머니를 보고 싶다」（想念去世的奶奶）一情況；時間為現在。）

   - 어제따라 그냥 단 것이 당겨서 케이크를 하나 샀어요.
     昨天就特別想吃甜的，所以買了一個蛋糕。

     （表示不同於平時，沒有理由地就僅在「어제」（昨天）一時間發生「단 것이 당기다」（想吃甜的）一情況；時間為過去。）

   > 📖 可搭配使用之時間名詞僅有：「오늘」（今天）、「그날」（那天）、「날」（日）、「어제」（昨天）、「요즘」（最近）等少數詞彙。

2. 屬口語用法，通常不被用於書面撰寫、正式場合中。

- 오늘따라 일이 제대로 안 되네.
  今天事情特別不順利呢。

- 이별했던 그 날따라 가랑비가 끊임없이 내렸어.
  尤其在離別的那一天，細雨不停地下。

延伸補充：

1. 由於「따라」含有「湊巧、沒有理由地」之語感，因此亦常搭配特定副詞、
   表現使用。

- 요즘따라 왠지 어린 시절이 그리워요.
  最近不知為何地特別懷念小時候。

- 그날따라 이상하게 전화가 많이 왔어요.
  那天特別奇怪地（打）來了很多電話。

> 可搭配使用之特定副詞、表現，常見的有：「왠지」（不知為何
> 地）、「그냥」（就那樣地）、「이상하게」（奇怪地）、「어
> 쩐지」（不知怎麼地）、「왜」（為何）。

B3-7 요

功　　能：表示對聽者之尊敬、恭敬。

中文翻譯：✕

文法屬性：補助詞。

結合用例：

最後一字「有」收尾音	학생	학생(이)요
最後一字「無」收尾音	학교	학교요

用　　法：

1. 表示對聽者之尊敬、恭敬，接於終結語尾後；此處涉及之尊敬法屬「相對尊敬」，在聽者為長輩或社會地位較高之人時使用。

  • 지금은 좀 바쁘니까 짬나면 한번 볼게요.
    現在有點忙，有空閒的話會看一下的。
    （添加在「-(으)ㄹ게」一終結語尾後方，表達話者對聽者之尊敬。）

  • 날씨도 좋은데 우리 어디 놀러 갈까요?
    天氣這麼好，我們要不要去哪裡玩呢？
    （添加在「-(으)ㄹ까?」一終結語尾後方，表達話者對聽者之尊敬。）

  > 📖 「終結語尾」係指「使一句子得以終結、完整結束之語尾」。而韓語中之尊敬可分為「相對尊敬」、「主體尊敬」、「客體尊敬」。「相對尊待」是與聽者相關之敬語；「主體尊待」是與主體、行為者相關之敬語；「客體尊待」則是與對方、受行為影響者相關之敬語。其中，除需考量之對象有所差異之外，亦分別以不同的方式呈現。

2. 除終結語尾之外，亦可在連結語尾、副詞、助詞、名詞等後方加上「요」，以表達話者對聽者之尊敬；惟此時由於並非完整之句子，極需倚賴當下之情況以對完整文意做出判斷。

- 죄송합니다. 이따가 약속이 있어서요.

  對不起，因為我等一下（跟別人）有約了。

  （添加在「-아/어/여서」一連結語尾後方。）

- 당신을 사랑합니다. 아주요.

  愛你，非常地。

  （添加在「아주」一副詞後方。）

- 친구들이 다 선물을 받았는데, 저는요?

  朋友們都收到禮物了，那我呢？

  （添加在「은/는」一助詞後方。）

- 아, 이 책(이)요? 지난 번 생일 때 받은 것입니다.

  啊，這本書？是上次生日時收到的。

  （添加在「책」一名詞後方。）

> 📖 若添加於名詞後方，且名詞最後一字有收尾音，為方便唸讀，亦可添加「이」作「이요」；但添加於語尾、副詞、助詞等後方時則通常不另外添加。

索引

索引 1 依字母順序排列

索引2 依功能排列

＜接續助詞＞

國家圖書館出版品預行編目資料

活用韓語關鍵助詞 / 羅際任著

-- 初版 -- 臺北市：瑞蘭國際, 2023.06

216面；19×26公分 --（外語學習系列；120）

ISBN：978-626-7274-32-3（平裝）

1. CST：助詞 2. CST：韓語

803.267   112007795

外語學習系列120

活用韓語關鍵助詞

作者｜羅際任

責任編輯｜潘治婷、王愿琦

校對｜羅際任、潘治婷、王愿琦

封面設計、版型設計、內文排版｜陳如琪

瑞蘭國際出版

董事長｜張暖彗・社長兼總編輯｜王愿琦

編輯部

副總編輯｜葉仲芸・主編｜潘治婷

設計部主任｜陳如琪

業務部

經理｜楊米琪・主任｜林湲洵・組長｜張毓庭

出版社｜瑞蘭國際有限公司・地址｜台北市大安區安和路一段104號7樓之一

電話｜(02)2700-4625・傳真｜(02)2700-4622・訂購專線｜(02)2700-4625

劃撥帳號｜19914152 瑞蘭國際有限公司

瑞蘭國際網路書城｜www.genki-japan.com.tw

法律顧問｜海灣國際法律事務所　呂錦峯律師

總經銷｜聯合發行股份有限公司・電話｜(02)2917-8022、2917-8042

傳真｜(02)2915-6275、2915-7212・印刷｜科億印刷股份有限公司

出版日期｜2023年06月初版1刷・定價｜450元・ISBN｜978-626-7274-32-3

　　　　2024年08月初版2刷

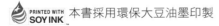

瑞蘭國際

瑞蘭國際